딸에게 자전거를 가르쳐 주는 아빠를 위한 매뉴얼

2019년 4월 11일 초판 1쇄 인쇄 | 2019년 4월 22일 초판 1쇄 발행

지은이 예신형 | **펴낸곳** 부키(주) | **펴낸이** 박윤우
등록일 2012년 9월 27일 | **등록번호** 제312-2012-000045호
주소 03785 서울 서대문구 신촌로3길 15 산성빌딩 6층
전화 02)325-0846 | **팩스** 02)3141-4066 | **홈페이지** www.bookie.co.kr
이메일 webmaster@bookie.co.kr | **제작대행** 올인피앤비 bobys1@nate.com
ISBN 978-89-6051-712-7 03810

이 도서의 국립중앙도서관 출판예정도서목록(CIP)은
서지정보유통지원시스템 홈페이지(http://seoji.nl.go.kr)와
국가자료공동목록시스템(http://www.nl.go.kr/kolisnet)에서 이용하실 수 있습니다.
(CIP제어번호: CIP 2019012802)

딸에게
자전거를 가르쳐 주는
아빠를 위한 매뉴얼

예신형 지음

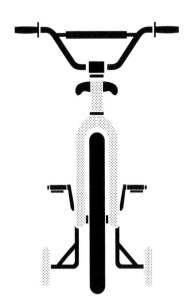

부·키

프롤로그　　새로운 무언가를 시작하려는 딸과 아빠　004

결심하기

집집마다 하나씩은 있는 프로크루스테스의 침대　014

지구에서 여자가 운동을 한다는 것　021

남자는 왜, 쉴 새 없이, 누군가에게 설명하려 하는가?　030

그럼에도 우리는 당신들과 함께 자전거를 타야 한다　037

자전거 구하기

자전거 고르기 vs. 청바지 고르기　044

남자는 구매를 하고 여자는 소비를 한다는 논리　056

여자가 무언가를 산다는 것, 남자가 무언가를 산다는 것　067

연습장소 물색하기

야! 반포 땅이 다 네 거냐?　078

지도를 못 읽는 여자와 지도만 잘 읽는 남자　080

줄을 서는 남자와 손을 잡는 여자　090

안전장구 챙기기

아무거나 주워 먹는 놈들을 대하는 법　112

남자에게 기대지 마시오　121

가장 예쁘고 튼튼한 헬멧을 찾아서　124

실전! 페달 밟기

세상의 모든 거절 장애자 딸들을 위해

싸움 시작한 놈 따로 있고, 싸운다고 욕먹는 년 따로 있다

모르는 남자와 얼굴 붉히지 않고 사우나를
함께하는 현명한 방법

단독 주행 연습하기

언제부터 나의 생일날이 당신의 놀이터가 되었을까

'여자'와 '어머니' 분리 대작전

가족이라는 쓰리고 아픈 존재에 대하여

일반도로 주행 실습하기

짐승들만이 질주하는 세상의 길 위로 나서는 당신에게

세상 가장 쓸모없는 표지판

그럼에도, 딸! 우리 페달을 밟자

터 배워 보기

프롤로그
새로운 무언가를 시작하려는 딸과 아빠

딸, '시작이 반'이라는 말이 있어.

그거 거짓말이야.
'시작이 다'야.

일단 시작했으면 우린 할 일 다한 거야.
그리고 결과가 안 좋으면 뭐 실패한 거지.

괜찮아.
그때, 다른 거 또 시작하면 돼.

딸. 자전거를 타자.
탈 줄 모르면 어때? 일단 타 보자.
딸. 아빠가 자전거를 구해 올게.
너는 '자전거 타기'만 시작하면 돼.
양손으로 핸들을 잡고 안장에 올라앉아 한쪽 발을 페달에 얹
으렴. 그리고 나머지 발로 땅바닥을 힘껏 밀어서 자전거를 출

발시킨 뒤에, 다른 발을 맞은편 페달에 얹고 마구 밟아 주면
돼. 쉬울 거 같지?

근데, 미안. 그게 그리 쉽지만은 않을 거야.

아, '자전거 타기'만을 말하는 것은 아니야. 우리 딸이 '시작
하는 모든 것'에서 맞닥뜨릴 그 모든 것을 말하는 거야. 아빠
로서 이런 말 해 주기 참 싫지만, 아마도 '시작하는 모든 것'
마다 너에게 가슴 설레면서도 고통스러운 두려움들이 다가
올 거야.

그런데 거기서 끝이 아니야. 네가 '여자로서 시작하는 모든
것'은 너에게 더 큰 고통과 인내를 강요할지도 몰라.

아니, 거의 다 그럴 거야.

소피 제르맹Sophie Germain이라는 여성이 있었어. 지금으로부터
200년도 훨씬 전인 1776년에 프랑스 파리에서 태어난 사람
이야. 어렸을 때부터 총명하기로 동네에서 소문이 자자한 아
이였지. 소피는 특히 우리 딸과 아빠 두 사람이 지독하게 싫
어하는 수학에 재능이 뛰어났어.

하지만 소피의 아버지는 그가 수학 공부를 하는 것도 상급학
교에 가는 것도 반대했지. '여자답지 못하다'는 것이 이유였
어. 결국, 소피는 독학으로 공부해서 프랑스에서 제일가는 수
학 천재로 이름을 날렸고 라그랑주, 가우스, 르장드르와 같은

세계적인 수학자들에게 그 탁월함을 인정받았으며, '페르마의 마지막 정리' 증명에 큰 기여를 했단다.

그러나 프랑스 최고 명문학교인 에콜폴리테크니크 진학에는 실패하고 말았어.

그 이유가 웃기지도 않아. 학교의 입학 관리 책임자가 "여성들을 하나둘씩 받기 시작하면, 앞으로 모든 프랑스 여성이 살림 대신 공부를 하겠다고 나설 것이다"라고 했다지.

여자에게 '시작함'을 허락하는 것.

여자에게 '처음'을 양보하는 것.

남자들이 그다지 썩 좋아하지 않았던 일이야. 그런데 상황은 지금이라고 별로 나아진 것 같지는 않아.

드라마나 영화 혹은 현실에서 말이지. 이제 막 좋아하는 감정이 쌓여 가는 남녀 사이에서 남자가 여자에게 키스하면 과감하다고들 해.

하지만 여자가 남자에게 먼저 키스할 경우 '당돌하다' 정도면 그나마 다행이고, 대부분은 "여자가 어디 감히⋯⋯"부터 시작해서 "헤픈 여자다" 심지어 "부모가 어떻게 가르쳤길래" 소리까지 듣게 돼. (아! 아빠는 괜찮아. 누가 "부모가 어떻게 가르쳤길래"라고 말하면, "이러라고 가르쳤어요"라고 답해 주렴. 아니다. "가르치긴 누가 가르쳐요, 독학으로 깨쳤어요"가 조금 더 쿨해 보이겠다.)

사랑조차 여자가 먼저 시작하면 안 되는 사회. 아직 갈 길이 너무나도 먼 사회야.

남자와 여자, 그중에 여자에게만 가야 할 길이 더 먼 사회, 그건 확실히 정상이 아니지.

아, 시작부터 얘기가 너무 멀리 나갔다.

그래서 결론은,

딸! 일단 우리는 자전거 타기를 시작하자!

12년 전,

아내에게 운전을 가르쳐 주다가

이혼의 위기를 겪은 남편.

이제는 여덟 살 딸에게 자전거를

가르쳐 주기로 하다.

집집마다 하나씩은 있는
프로크루스테스의 침대

서툴시만 핸들을 삽은 어린 날,
듬직하게 안장 뒤를 잡아 주는 늠름한 아빠.

어느 때부터인가 저도 모르게
내 머릿속에 자리 잡은 고정관념.

핸들을 잡은 아들,
듬직하게 안장 뒤를 잡아 주는 늠름한 엄마는
왜 떠오르지 않게 된 걸까?

그리스 신화 속에 등장하는 프로크루스테스는 포악한 악당
이었다. 그는 아테네 교외 마을에 집을 짓고 살았는데, 그의
집 안에는 쇠로 만든 침대가 하나 있었다. 프로크루스테스는
길 가는 행인을 다짜고짜 잡아서 그 침대에 눕히고는 신장이
침대보다 길면 남는 만큼 다리를 자르고, 짧으면 몸을 억지로
늘려서 침대 크기에 맞췄다.
물론 그에게 붙잡힌 행인들 중 살아남은 이는 단 한 사람도

없었다.

ㄱ루부터 자기 생각만을 기준으로 삼아 남의 생각을 꽈다하고 뜯어고치려 하는 것을 일컬어 '프로크루스테스의 침대'라고 부르게 되었다.

수천 년 뒤, 미국 땅. 로버트 L. 디킨슨Robert Latou Dickinson이라는 의사가 있었다. 미국부인과학회 회장, 미국의학협회 산과학 부문 의장까지 역임한 저명한 산부인과 전문의였다. 그에게는 의사라는 본업 외에도 몇 가지 다른 부업 겸 취미가 있었는데, 그중 대표적인 두 가지가 해부학과 미학이었다. 그는 진료를 보는 틈틈이 인간의 신체 비율, 행동반경, 근육의 움직임 등을 관찰하고 그것을 스케치로 남기곤 했다.

1930년대 말, 디킨슨은 자신이 그동안 측정한 젊은 여성 1만 5000명의 부위별 신체 치수를 활용해 조각가 아브람 벨스키Abram Belskie와 함께 여성 조각상 하나를 만들어 냈고, 그것에 '노르마Norma'라는 이름을 붙였다. 1만 5000명이라는 엄청난 숫자의 여성으로부터 얻어 낸 신체 치수의 평균값으로 만들어 낸 조각상이니 '완벽한 신체 비율'을 지녔으리라는 것이 그의 생각이었다.

노르마는 클리블랜드 건강박물관에 전시가 되었고, 클리블랜드를 포함해 전 미국에서 '완벽한 신체 비율'의 여성상을 보기 위해 수많은 사람이 박물관에 몰려들었다.

거기까지였으면 그저 심심한 사람들끼리 벌인 작은 해프닝 정도로 끝났겠지만, 늘 그러하듯이 이런 일에는 굳이 판을 키우는 사람들이 쏙 나타난다.

우선 첫 불씨를 댕긴 것은 건강박물관 측이었다. 물 들어왔을 때 노 젓는다는 식으로 몰려든 관람객에게 '이 세상 최고의 이상적 여성상'이라는 거창한 수식어를 붙여 가며 노르마 모형, 노르마 사진엽서 등 기념품을 판매했다.

학자와 교육자들 역시 가만히 있지 않았다. 어느 인류학자는 노르마의 체형이야말로 현대 여성이 추구해야 하는 완벽한 체형이라고 칭송했고, 체육 교사들은 노르마의 체형을 닮기 위해 필요한 운동법을 개발해서 학생들에게 배우도록 강요했다. 열풍의 정점에는 언론이 있었다. 《타임》에서는 노르마의 인기에 대해 심층 취재하여 기사화했고, 텔레비전 방송 역시 여러 편의 특집 프로그램을 방영하며 노르마 열풍에 가세했다.

그리고 마침내 《클리블랜드 플레인 딜러》라는 지역 신문이 노르마와 신체 치수가 가장 근접한 여성을 뽑는 대회를 열었다. 클리블랜드 전역에서 3864명의 젊은 여성이 참가했고, 주최 측은 참가자를 대상으로 아홉 부위의 신체 치수를 측정해서 노르마에 가장 근접한 여성을 뽑기로 했다. 주최 측이나 지켜보는 사람들이나 굉장히 많은 여성이 막판까지 치열하게 경쟁을 벌일 것이라는 흐뭇한 예측을 했다.

심사는 예상보다 한참 걸렸다. 주최 측의 '흐뭇한 예측'처럼 수많은 노르마가 몇 밀리미터 차이로 각축을 해서 심사에 어려움을 겪은 것이 아니었다. 오히려 노르마의 신체 치수에 근접한 사람이 단 한 명도 없어서 심사에 난항을 겪었다.

3864명이라는 적지 않은 사람 중 그나마 40명이 노르마와 비슷한 체형이었는데, 그중 모든 신체 치수가 오차 범위 내에 들어온 이는 한 사람도 없었다.

1등으로 뽑힌 사람은 노르마와 비슷한 체형이라 판정받은 마사 스키모어Martha Skidmore였다. 그러나 그녀 역시 당대 일반인의 기준에 맞는 미인형 얼굴과 몸매를 가졌을 뿐, 노르마와는 거리가 멀어도 한참은 먼 외모의 사람이었다.

그런데 이런 아둔한 일이 과연 1940년대 미국 클리블랜드에서만 펼쳐졌을까? 클리블랜드의 노르마는 박물관이 아닌 21세기 대한민국의 직장과 가정 곳곳에 존재하고 있다. 그곳에 하나씩 놓인 프로크루스테스의 침대에 누운 채로.

딸아이가 일곱 살에서 여덟 살로 넘어가던 어느 날, 둘이 함께 레고 블록을 쌓으며 놀고 있었다. 늘 그랬던 것처럼 혼자 열심히 몰입해서 블록을 쌓는 아빠 옆에서 부스러기 블록 몇 개를 가지고 혼자 놀고 있던 아이가 무언가 자꾸 잘못되었다는 말을 반복했다.

'잘못된 게 없는데……'

무엇 때문에 그러느냐고 그 이유를 물어보니 여자 피겨figure인데 입고 있는 옷 색깔이 파란색이라는 거였다. 그게 왜 잘못된 거냐고 묻자 아이는 "아빠, 남자는 파랑, 여자는 핑크야!"라고 선언하듯 외쳤다.

이제 겨우 유치원 졸업반인 아이의 머릿속에도 이미 프로크루스테스의 침대 하나, 클리블랜드의 조각상 하나가 놓이려는 순간이었다. '남자는 이래야 해' '여자라면 자고로 저래야 하지'라는 익숙하면서도 고리타분한 그것이.

그 길로 딸아이 손을 붙잡고 쇼핑센터로 나가 바지 하나를 샀다. 딱 붙는 스판덱스 재질의 핑크색 바지. 물론 내가 입기 위한 것이었다. 아예 탈의실에서 핑크색 바지로 갈아입고, 입고 갔던 군청색 면바지를 종이 쇼핑백에 넣어 가지고 나오는데 뒤통수가 근질근질했다.

뒤돌아보지 않아서 확실하지는 않지만, 여의도 IFC몰을 찾은 수많은 사람이 내 뒤를 따르며 혹은 우리 부녀를 스쳐 지나가며 손가락질하고 비웃는 거 같았다.

'노르마처럼' 이상적인 몸매를 가진 것도 아니고, 연예인도 아닌 배 나온 중년이 아저씨가 딱 붙는 핑크색 바지라니……. 남자는 파랑, 여자는 핑크라던 딸아이 역시 혼란스럽기는 마찬가지인 듯했다.

"남자는 파랑, 여자는 핑크인데……."

핑크색 바지를 입고 집으로 돌아오는 길, 딸에게 물었다.

"율교야. 혹시, 자전거나 태권도 안 배우고 싶니?"

곧바로 대답이 돌아왔다.

"응. 안 배우고 싶어. 그런 건 남자애들이나 하는 거야."

"누가 그랬는데?"

"몰라. 아무튼 그런 건 남자애들만 하는 거야."

얼마 전 작고한 불문학자이자 철학가이며 명문장가였던 황현산 선생은 생전에 이런 말씀을 남겼다.

"시몬 드 보부아르는 1949년에 발표한 자신의 책《제2의 성》에서 당시 유행하던 실존주의 철학에 바탕을 두고 여자는 태어나는 것이 아니라 만들어진다는, 이제는 상식적이 되어 버린 저 유명한 말을 했다. 여성을 '여성답게' 살도록 유도하고 훈련시키는 것은 자연 질서이기보다 사회의 제도고 관습이고 교육이다."

우리가 어머니에게, 아내에게, 직장의 여성 동료에게, 길거리에서 만나는 여성에게, 심지어는 만나지도 못할 여자들에게 특별히 기대하는 '여자다움'이 사실상 모두 '여성 혐오'에 해당한다는 말씀도 덧붙였다.

실제 존재하지도 않는 '여자다움'이라는 허상을 좇아 실은 대다수의 여성에 대해 '여성 혐오'를 퍼붓는 것을 우리는 당연시 여겨 왔다. 침대를 만들어 놓고 사람을 죽였던 프로크루스테스, 되지도 않는 조각상 하나를 만들어 놓고 이상적인 여성을 꿈꿨던 클리블랜드의 남자들이 현재 우리 사이에도 멀쩡히 존재하고 있는 것이다.

'여자다움' '여성스러움'이라는 명찰을 달고 우리 안의 어딘가에 놓여 있는 그 침대, 그럴듯하게 포장되어 세워져 있을 그 조각상을 내다 버려야겠다는 생각이 들었다.

아파트 주차장에 차를 세우며 나는 선언하듯 말했다.

"딸! 우리 자전거 배우자. 자전거 타자!"

물론 돌아온 답은 기대했던 말이 아니었다.

"아빠, 싫다고! 그건 남. 자. 애. 들. 이. 나 하는 거야!"

지구에서
여자가 운동을 한다는 것

딸,

너는 여자로서 운동을 하는 게 아니야.

운동하는 여자도 아니고,

그냥 너는 사람이라 운동을 하는 거고,

운동하는 사람일 뿐이야.

물론,

세상이 너를 그렇게 봐 주지 않는다는 것이

아빠도 고민이긴 하지만…….

아이에게 자전거를 타자고 말하고 보니, 주위에 온통 자전거를 타는 여성들만 보였다. 잠깐 따릉이(서울시 자전거 렌털 서비스)를 타고 짧은 거리를 오가는 여성들부터 시작해서 클럽 사람들과 제대로 복장을 갖춰 입고, 고가의 로드바이크를 타고 지나가는 여성들까지. 뭐 우리도 못 탈 것 없겠다 싶었다.

그렇다면 이왕 하는 김에 '세계에서 가장 자전거를 잘 타는 여성'은 누구인지도 찾아보기로 했다. 주위에 자전거 좀 탄다는 사람들에게 물어보니 단 한 사람도 이견 없이 한 선수의 이름을 댔다.

'크리스티나 포겔Kristina Vogel.'

1990년에 키르기스스탄에서 태어난 포겔은 부모와 함께 독일로 이주한 뒤 어린 시절 취미로 자전거를 시작했다고 한다. 그의 기록을 살펴보니 2007년 유럽 주니어 선수권 대회에서 우승을 하며 두각을 나타낸 이래, 2년간 무려 여섯 차례의 세계 주니어 선수권 우승, 두 차례의 유럽 주니어 선수권 우승을 차지한 것으로 나왔다.

성인 무대로 옮긴 후 포겔은 2011년 세계 선수권 대회에서 우승을 차지했고, 2012년 런던 올림픽에서는 팀 스프린트 금메달, 2016년 리우 올림픽에서는 개인전 금메달을 따냈다. 그가 획득한 세계 타이틀만 무려 열한 개가 넘고, 그중 몇 개의 기록은 기네스북에도 올라 있는 전설 중의 전실, 말 그대로 '사이클의 여제'였다.

'그래 됐다! 이 정도면 우리 아이 롤모델로 삼을 수 있겠어!' 포겔을 찾아낸 나는 딸의 침대 왼쪽 벽에 그의 사진을 붙여 놓을 요량으로 이미지 검색을 하기 시작했다. 런던 올림픽 우승 후 독일 국기를 몸에 두르고 트랙을 도는 장면, 독일 대통령으로부터 스포츠 훈장을 받고 기뻐하는 장면, 수많은 취재진에 둘러싸여 플래시 세례를 받는 장면, 올림픽 2연패 후 방송에 출연하여 인터뷰하는 장면 등 그의 화려한 모습은 넘쳐났다. 그러나 마우스 휠을 한 바퀴 돌리자 전혀 엉뚱한 사진들이 튀어나오기 시작했다.

피투성이가 돼 부서진 자전거 옆에 쓰러져 있는 모습, 목발을 짚고 서서 심각한 표정으로 취재진의 질문에 답하는 모습, 산소마스크를 낀 채 두 눈을 감고 중환자실에 누워 있는 모습, 그리고 화면을 닫기 전 마지막으로 본 사진은 휠체어에 타고 있는 모습이었다.

2009년 본격적으로 성인 대회에 출전하기 위해 훈련을 하던 그는 집 근처에서 다가오던 미니버스를 피하지 못해 그대로 충돌했고, 그 사고로 손등과 경추 그리고 광대뼈가 함몰되는 중상을 입었다. 이빨도 여섯 대나 부러져 의치를 끼워 넣어야 했다. 그 후로도 사소한 사고와 부상이 늘 그를 따라다녔고, 2018년 9월 연습 도중 동료 선수와 부딪혀 넘어지면서 척추를 크게 다치고 말았다.

수차례의 대수술과 생사를 넘나드는 여러 번의 고비 끝에 목숨을 건졌지만, 그는 하반신이 마비되어 평생 휠체어 신세를 지게 되었다.

거기까지 뉴스 기사를 읽고 나니 인쇄를 하기 위해 화면에 띄워 놓았던 포겔 사진에 대고 차마 프린트 버튼을 누를 수가 없었다.

'이렇게 위험한 운동을 딸에게 하라고 해야 할까?'

그런데 사실 찾아보면 이 세상에서 여자가 하기에 위험한 운동은 비단 자전거뿐이 아니다.

1886년 문을 연 이화학당(맞다, 현재 그 여자대학교의 전신)에서는 최초로 여학생들에게 체조를 가르쳤다. 가뜩이나 여자들에게 공부를 시키는 것도 못마땅한데, 양반집에서는 남자들도 터부시하던 '활동'을 시킨다는 소식은 삽시간에 이런저런 근거 없는 낭설들을 더해 가며 헛소문의 덩치를 부풀렸다. 항간에 '이화학당 학생들은 선교사들에게 몹쓸 교육을 받아 며느릿감으로는 못 쓴다'는 소문이 돌았고, 그 얘기를 전해 들은 학부모들이 학교로 몰려갔다.

결국 몇 차례 고성이 오가고 체조 과목을 맡은 선교사가 멱살 드잡이를 당한 끝에 이화학당은 당분간 체조 수업을 하지 않기로 결정했다. 19세기 말에서 20세기 초로 이어지는 이 나라 땅에서 체조는 여자가 하기에 참으로 위험한 운동이었다.

바다 건너 미국이라고 사정이 크게 다르지 않았다. 물론 우리보다 먼저 개화되고 문화적 토양이 달랐던 터라 훨씬 빠른 변화가 있긴 했지만, 1960년대까지도 그곳 역시 '여자에게 안전한' 운동은 많지 않았다. 겉으로만 보면 전혀 위험할 것이 없어 보이는 마라톤조차도 여자가 하기에 안전하지 않은 운동이었다.

사람들은 여자가 장거리를 달릴 경우 다리가 굵어져서 '여성다운' 매력이 떨어지게 되고, 심할 경우 자궁이 내려앉아 불임이 될 수도 있다는 이유로 여성이 마라톤을 하는 것을 금기시했다.

1897년에 첫 대회를 개최한 이래로 세계적인 전통과 권위를 자랑하는 보스턴마라톤대회 또한 그 당시 여성의 참가를 금지했다. 언론학을 전공하며 마라톤을 취미로 하던 캐서린 스위처Kathrine Switzer는 그러한 금기를 깨고 싶었다.

캐서린은 보스턴마라톤대회에 참가 신청을 하며 자신의 이름 '캐서린' 대신 'K. V.'라는 약자를 적어 넣어 자신이 남성인지 여성인지 주최 측이 헷갈리도록 했다. 당시만 해도 참가 신청서에는 성별을 적는 항목 자체가 없었다. 당연히 보스턴대회는, 아니 마라톤이라는 운동 자체는 오직 남성들의 것이었기 때문이다.

결국 배번 261번을 받아 내는 데 성공한 그는 긴 머리에 액세서리도 착용한 채 출발선 앞에 섰다. 굳이 자신의 성별을 감추기 위해 변장을 하지 않았던 것이다. 함께 출발을 준비 중이던 남자 선수들이 그의 성별을 알아채자 흠칫 늘랐고, 몇몇 선수들은 곁으로 다가와 비아냥대거나 "달리는 중 땀이 나면 불편해질 테니 화장을 지우는 게 좋을 것"이라며 짐짓 위해 주는 척 충고했다. 그러나 캐서린은 들리지 않는 것처럼 묵묵히 몸을 풀었다.

1967년 4월 19일. 출발 총성과 함께 그는 첫걸음을 내디뎠다. 그로부터 2년 뒤, 전 세계 인류는 달 표면에 착륙한 우주인이 내뱉은 한마디, "이 첫걸음은 한 인간에게 있어서 작은 발걸음이지만 인류 전체에게 있어서 커다란 첫 도약입니다"에 감격하고 가슴 벅차 했다.

그러나 그에 비교할 수 없을 정도로 조용하고, 그럴싸한 메시지 발표도 없었으며, 아무런 관심조차 받지 못했지만, 이날 스위처의 첫 발걸음 역시 이 세상 여성에게, 아니 우리 인류 전체에 엄청난 변화를 가져온 위대한 걸음이었다.

그러나 '위대한 걸음'은 채 몇 킬로미터도 가지 못하고 위험에 처하게 되었다. 달리는 선수 중 '곱게 단장한' 여자 선수가 있다는 소식을 전해 들은 대회 조직위원장이 차를 몰고 한달

음에 달려와서는 다음과 같이 고함을 치며 캐서린을 낚아채려 했기 때문이다.

"내 레이스에서 꺼져!Get the hell out of my race!"

그 당시에, 이후로도 남성들이 하던 일에 뛰어든 여성이라면 귀가 닳도록 듣게 될 그 말이었다.

다행히 두 걸음 뒤에서 달리던 남자친구가 조직위원장을 몸으로 밀쳐 냈고, 그 틈을 타 캐서린은 앞서 달리던 선수들 무리로 섞여 들어갈 수 있었다. 4시간 20분 만에 그는 '위험한' 마라톤 레이스를 완주할 수 있었다.

그로부터 40년도 넘게 시간이 지났지만, 여성이 스포츠를 한다는 것은 여전히 위험하거나 위험까지는 아니더라도 최소한 썩 환영받지는 못한 일로 여겨지고 있다.

2018년 9월, 뉴욕에서 열린 US오픈 테니스 대회 여자 결승전에서 세계 톱 테니스 선수인 세리나 윌리엄스는 심판에게 세 차례 연속 경고를 받고 게임 포인트를 빼앗겨 경기를 망치고 말았다. 거기서 그치지 않고 미국 테니스 협회로부터 총 1만 7000달러의 벌금까지 부과받았다.

첫 경고와 마지막 경고는 보는 시각에 따라 다소 엇갈리기는 하지만 세리나가 자초한 결과라고 보는 쪽이 우세했다. 그러나 두 번째 경고에 대해서는 세리나도 잘못하긴 했으나 페널티를 줄 만한 일은 아니었다는 것이 다수의 견해다.

2세트 도중 경기가 잘 안 풀린 세리나 윌리엄스는 자신의 라켓을 땅바닥에 내팽개쳐서 파손시켜 버렸다. 분명 볼썽사나운 모습인은 틀림없으나 그렇다고 신가한 결례나 문제가 되는 모습은 아니었다. 남자 테니스 경기에서는 어렵지 않게 볼 수 있는 흔한 장면이었다. 그럼에도 불구하고 심판은 세리나에게 페널티를 부여했고 격분한 세리나가 심판에게 거칠게 항의하면서 세 번째 경고를 받게 된 것이다.

그러나 이날 경기가 특별히 세리나에게 위험한 경기는 아니었다. 그는 데뷔한 이래 늘 비슷한 시선을 받으며 경기에 임해야 했다. 몇 해 전에는 자신보다 훨씬 더 많은 욕설을 심판에게 퍼붓고, 더 많은 라켓을 코트에 집어 던져 부쉈음에도 불구하고 오히려 '악동'이라는 다소 귀여운 애칭으로 불리며 인기를 끌어모았던 존 매켄로에게서 "세리나 윌리엄스가 남자들과 경쟁한다면 700위권에도 못 들 것이나"라는 식설적인 폄하를 받았다.

10년 이상 세계 여자 테니스계를 평정하며 상금 액수에 있어서도 남자 선수들과 '그나마' 대등하게 경쟁하는 유일한 프로 스포츠 선수인 세리나가 '돈값을 하지 못한다'는 비난을 하려는 의도가 빤히 들여다보였다.

더 가관이었던 것은 실제로 700위권 남자 선수였던(정확히는 당시 랭킹 701위) 드미트리 투르소누프가 "남자가 여자보다 육체적으로 더 강한 것은 사실"이라며 "기회가 된다면 세리나 윌리엄스와 시합을 해 보고 싶다"고 도발해 온 것이다. 세리나가 "나는 700위대 선수와 대결해 본 적이 없고, 바빠서 그럴 시간도 없다"라는 무시 전략으로 대응하면서 이 일은 단순한 해프닝으로 끝났지만, 비슷한 일들이 지금 이 순간에도 스포츠 현장 곳곳에서 벌어지고 있다.

그래도 하나 희망적인 사실은, 분명히 바뀌고 있다는 것이다.

세상은 변하고 있다. 2017년 4월 셋째 주 월요일 '애국자의 날' 아침. 매년 그랬던 것처럼 보스턴마라톤대회가 열렸다. 이날 대회에는 그동안의 대회와 조금 다른 점이 하나 있었다. 50년 전에 있었던 한 '해프닝'을 기념하는 작은 행사가 열린 것이다.

출발선에는 진한 와인색 운동복을 차려입은 70대 여성이 몸을 풀고 있었다. 50년 전 그랬던 것처럼 화사하게 메이크업을 하고 액세서리까지 갖춘 채. 그의 배번은 그때와 마찬가지로 261번. 그것 말고는 모든 것이 1967년과 달랐다.

참가자 명단에는 'K. V.' 대신 '캐서린'이라는 본명이 적혀 있었고, 주위에는 비아냥대거나 위협하는 사람이 하나도 없었다. 대신 전체 보스턴마라톤대회 참가자 3만 명의 46%에 달하는 1만 4000명의 여성 러너들이 그의 주위에서 함께 몸을 풀고 있었다.

우리는 모두 함께 조금 더 안전하게 이 세상을 즐길 권리가 있으며, 우리는 모두 함께 조금 더 안전하게 즐길 수 있도록 이 세상을 만들어 갈 의무가 있다.

남자는 왜, 쉴 새 없이, 누군가에게 설명하려 하는가?

딸,

세상엔 네가 멀리해야 할 두 부류의 남자가 있어.

너에게 무언가 끊임없이 설명하려는 남자와

네가 무언가 설명해도 단 한 번도 들어 주지 않는 남자.

아, 깜박하고 하나 빼먹을 뻔했는데,

이 두 부류는 같은 사람일 가능성이 매우 높지.

퇴근 후, 동네 술친구들을 만났다. 대학 동창으로 만나, 우연히 비슷한 동네에 20여 년을 같이 살며 일주일에 한두 번은 꼭 술을 함께 마시는 친구와 후배들이었다.

"앞으로 나 만나기 쉽지 않을 거야."

첫 잔을 비우기가 무섭게 선전포고를 하듯 입을 열었다. 그러나 아무도 신경 쓰는 녀석이 없었다.

"아, 진짜라니까. 앞으로 한 달에 한 번 이상 나 보기 어려울 거야."

이렇게까지 말했는데도 여전히 별다른 반응이 없었다. 잠깐의 침묵 뒤에 마지못해, 정말로 마지못해 한 녀석이 물었다. 내키지 않음이 뚝뚝 묻어나는 말투로.

"왜?"

짧으려야 더 이상 짧아질 수 없는 물음이었지만, 반응이 반가워 뒤늦게 이유를 털어놓았다. 비. 장. 하. 게.

"율교한테 자전거를 가르쳐 주기로 했거든. 그것도 두발자전거. 그러니까……."

말이 끝나기가 무섭게 엄청난 양의 '설명문'들이 쏟아져 나왔다.

"처음 배울 때는 욕심내지 말고 네발자전거로 시작하는 것이 좋을 텐데."

"아니야. 배울 때 어렵더라도 두 발로 배우는 게 빨라."

"아니라니까. 요즘은 하이브리드 자전거라고 해서 네발로 조금 타다가 보조 바퀴를 올리고 탈 수 있는 게 있어."

"무슨 소리. 우리 어릴 때 생각 안 나? 초등학생 정도면 두발 자전거로 배우는 게 나아. 아빠가 뒤에서 조금만 붙잡아 주면 되니까."

"거참, 아니래도. 균형 감각을 몸으로 익힐 때까지는 네발로 타야 돼."

이후로도 세 명의 자전거 선생님은 '레슨용 자전거 고르는 법' '자전거 타기 레슨법'에 대한 설명을 계속 이어 갔고, 그러한 설명의 향연은 이후 '성인용 고급 자전거 계보'로 흘러갔다가 '내가 타 본 가장 비싼 자전거'로 연결되었다.

눈에 보이지도 않는 자전거를 탄 기분으로 2차 자리까지 갔다가 집에 들어오니 자정이 가까운 시간이었다. "씻지도 않고 애 자는데 어딜 들어가"라는 와이프의 타박을 뒤로한 채 딸아이 방으로 들어가, 자고 있는 아이의 머리맡에 잠시 앉았다. 여전히 '자전거에 대한 설명문'들이 귓가에 뱅뱅 맴돌았다.

'이 아이는 앞으로 또 얼마나 많은 설명문들 속에 파묻히게 될까?'

콜린 롤리Coleen Rowley라는 미국 여성이 있었다. 그는 어렸을 때부터 정부 요원이 되는 것이 꿈이었다. 부단한 노력 끝에 아이오와주립대학교 로스쿨을 졸업한 그는 시험에 합격해 미국연방수사국FBI 요원으로 근무하게 되었다. 그러던 어느 날 그에게 첩보 하나가 들어왔다. 독특한 억양의 영어를 쓰는 외국인이 미네소타비행학교에 입교했는데 비자 기간이 만료되었을 뿐 아니라 여권 또한 위조가 의심스러울 정도로 조악하다는 내용이었다. 롤리 요원은 이민국과 공조수사를 펼쳐 그를 체포했다.

체포된 이의 이름은 자카리아스 무사위로 모로코계 프랑스인이었다. 프랑스에 그의 신원 조회를 요청하고 취조를 시작했는데, 조사하면 할수록 의심스러운 것들이 한두 가지가 아니었다. 우선 입국 목적이나 절차가 불분명했고, 함께 입국한 이들이 왜 죄다 비행학교에 입교하려 했는지, 그리고 현재 그들의 행방이 어떻게 되는지 물어도 제대로 된 답을 하지 못했다. 롤리 요원은 그러한 내용들을 정리해 상부에 영장을 신청했다.

그러나 영장은 '범죄 행위에 대한 소명이 불분명하다'는 이유로 기각되고 말았다. 대신 그에게 돌아온 것은 '범죄 혐의가 잘 드러나도록 조사 보고서를 쓰는 방법'에 대한 남성 수사관의 기나긴 설명이었다. 롤리 요원은 답답한 마음에 자료를 보강해서 이번에는 중앙정보국CIA에 수사 협조를 요청했다. 그러나 CIA의 남성 요원 역시 수사에 착수하는 대신 FBI와 CIA 담당 업무 간의 차이점, 그리고 공소를 위해 필요한 사항 등에 대해 매우 상세하면서도 기초적인 설명을 해 주었다. 1981년도에 FBI에 입문해 프랑스 파리의 미국 대사관과 뉴욕, 몬트리올, 미니애폴리스 지부 등에서 현장 수사요원, 지부 대리인, 법무 책임자 등으로 근무했던 그의 경력과 풍부한 경험은 깡그리 무시되었다.

상대방은 수화기 건너편에서 들려오는 목소리가 여성인 것을 확인한 순간, 혹은 전산 검색으로 화면에 뜬 얼굴을 통해 여성임을 알게 된 순간, 더 이상 들으려 하지 않았다. 그리고 기나긴 설명을 시작했다.

결국 그로부터 정확히 한 달 뒤, 체포된 자카리아스 무사위의 친구늘이자 미국 각지의 비행학교에서 비밀리에 비행기 조종기술을 배운, 그리고 롤리 요원의 영장 보고서에 올라 있던 이들은 2001년 9월 11일 네 대의 비행기를 납치해 그중 세 대를 뉴욕 세계무역센터빌딩, 워싱턴에 있는 미 국방부 청사인 펜타곤으로 돌진시켰다.

사망자만 약 3000명, 부상 및 실종자는 6000명이 훌쩍 넘는 참혹한 테러, 진주만 공습 이후 최초로 미국 본토가 공격당한 초유의 사건인 9·11 테러가 일어난 것이다.

2017년 여름날 마포구의 한 출판사 강당에서 만난 작가 리베카 솔닛은 이 사건을 예로 들며 우리 주변에 '여자에게 설명하려는 남자'들이 얼마나 많은지, 그러한 남자들로 가득 찬 사회가 얼마나 위험한지 이야기했다.

그는 2010년 한 칼럼에서 '무언가에 대해 설명하는 행위를 통해 자신이 여성보다 우월하다는 것을 스스로 인식하거나 과시하려는 경향 또는 행위'를 일컫는 말로 '맨스플레인Mansplain'이라는 단어를 사용했다. '남자Man'에 '설명하다Explain'라는 단어를 합친 지극히 단순한 조합의 말이었다.

그러나 이 단어 하나에 미국뿐 아니라 전 세계가 열광했다. 그간 맨스플레인에 시달려 온 여성들은 물론, 스스로가 느끼지 못하는 사이에 '설명'이라는 지극히 간단한 행위 하나로 여성을 옭아매 왔던 남성들조차도 단어의 절묘함에 탄복했다.

2010년 《뉴욕타임스》는 맨스플레인을 '올해의 단어'로 선정했고, 2014년 영국 옥스퍼드대학교 출판부는 이 단어를 '온라인 옥스퍼드사전'에 정식으로 등재했다. 리베카 솔닛은 페미니즘 운동의 대표적인 인물이자 전 세계적인 베스트셀러 작가가 되었다.

물론 깊이 있는 학문적 지식과 풍부한 경험을 바탕으로 어려운 내용도 우리 주변에서 흔히 접할 수 있는 표현과 사례로 알기 쉽게 설명하는 솔닛의 글솜씨에 기인한 바가 크다.

하지만, 맨스플레인이 이토록 짧은 시간에 폭발적인 인기를 끌며 일상 용어로 자리 잡을 수 있었던 것은 무엇보다 이미 수많은 사람이 그러한 상황을 경험해 왔고, 대다수의 여성들이 그를 불편하게 생각해 왔으며, 이제는 그를 바꿔야 한다는 공감대가 형성되었기 때문이다.

맨스플레인은 단순히 '잘난 척하는 일부 남성들'의 이야기가 아니다. '남성이 여성보다 지적 능력이나 업무 능력에 있어 월등하다'는 사실을 인정하라는 무형의 명백한 폭력이다. '우리는 대등한 관계에서 대화하는 사이가 아니니, 너(여성)는 잠자코 들어라'는 침묵의 강요다. 그리고 불균형한 남녀 관계와 양성 간의 지위를 고착화하려는 반사회적인 노력이다.

단순히 하나의 트렌드, 신조어로 넘겨 버릴 현상이 아니라는 것이다.

이후로 친구 중 어느 누구도 우리 아이에게 딱 맞는 자전거를 추천해 준 녀석은 없었다. 맨스플레인의 또 다른 중요한 특징 중 하나가 '늘 원하지 않을 때, 궁금하지 않은 것에 대해

서만 설명하려 한다'는 것이다. 정작, '원할 때, 설명을 필요
로 하는 것'에 대해서는 침묵하는 특성을 보인다.

아! 머리가 복잡해진다. 딸에게 자전거 타는 법 가르쳐 주기.
제대로 할 수 있을까?

그럼에도 우리는
딸 선물과 엄마 자전거를 타려 한다

언제부터 여자가 세상으로부터
가장 흔하게 듣게 된 게,
'기다려 봐' '가만히 있어 봐'라는 말이 된 걸까?

참는 자에게 복은 올지 몰라도
참는 자에게 변화는 오지 않는데.

딸에게 자전거를 가르쳐 주기로 마음먹고 우선 내가 탈 자전
거부터 한 대 구했다. 친구가 타던 중고 자전거. 그런데 아파
트 복도에 덩그러니 자전거 한 대를 들여놓은 지 2주가 지나

도록 진도는 한 발자국도 더 나아가지를 못했다. 출퇴근을 할 때 흘긋 보니 안장에 살포시 허연 먼지가 쌓인 것도 같았다. 딸이 "아빠, 내 자전거는 언제 사 줄 거야?" 혹은 "우리 언제 자전거 타러 갈 건데?"라고 물으면, "응, 조금 있다가"라고 대답했다. 와이프가 "언제 애한테 자전거 가르쳐 줄 거야?"라고 물으면, "응, 기다려 봐"라고 답했다.

이대로라면 도구랑 복장만 갖추고 흐지부지되고 말아 버린 다른 몇 가지 도전과 함께 '용두사미 리스트'의 상단에 그 이름을 올리게 될 것임이 틀림없었다. 모종의 조치가 필요해 보였다.

'수구 반동 세력은 하지 말라는 얘기를 하지 않는다'라는 말이 있다. 자신이 가진 것을 지키기 위해서 변화를 가로막으려는 이들이라면 새롭게 시도하는 이들에게 무언가를 '하지 말라'고 할 것 같은데, 실제로는 그런 말을 절대로 하지 않는다는 것이다. 내신 그들은 '변화'를 부르짖는 사람들에게 이렇게 이야기한다.

"조금만 있어 봐."

조금만 있어 보라고, 조금만 있으면 점점 더 나아질 거라고. 이 이야기야말로 세상의 모든 변화, 특히 여성의 사회적 지위 상승과 정당한 권리 요구에 대해 수구 반동 세력들이 가장 쉽게 또 흔하게 써먹은 방법 중 하나였다.

100년 전 영국에서도 그랬다. 당시 영국의 식민지였던 뉴질랜드는 여성의 참정권을 부분적으로 인정했다가, 1893년 21세 이상의 모든 여성에게 투표권을 부여했다. 마찬가지로 영국의 식민지였던 남부 호주도 1885년 여성이 선거에 입후보할 수 있는 권한을 부여했다.

그럼에도 불구하고 영국에서는 여성이 누군가에게 투표하지도, 누군가로부터 투표를 통해 선출되지도 못하도록 막고 있었다. 여성들은 의회로 출근하는 의원들을 붙잡고 자신들에게도 참정권을 달라고 요구했지만, 그때마다 들어야 했던 얘기는 "조금만 있어 봐" "논의 중이니까 기다려 봐"였다.

그 뒤로도 여성들은 한참 동안 더 기다렸지만, 달라진 것은 없. 었. 다.

결국, 여성들은 폭발했다. 맨체스터 출신의 여성 운동가 에멀린 팽크허스트가 1903년 여성사회정치연합Women's Social and Political Union이라는 단체를 결성한 뒤, 직접적으로 행동에 나서기 시작했다. 서프러제트Suffragette 운동의 시작이었다. 여성의 참정권 인정을 요구한 이전의 사람들과 달리 그들은 더 이상 기다리지 않고 행동에 나섰다.

'말이 아니라 행동Deeds, not Words'을 슬로건으로 내걸고, 드레스와 코르셋이 진열된 가게에 돌을 던져 쇼윈도의 유리를 깨기 시작했다. 자신감을 얻은 이들은 우체국에 폭발물을 설치하고 전선을 끊었다. 이른바 '국가 통신망을 마비시키는' 엄청난 일을 저지른 것이다. 팽크허스트를 포함한 수백 명의 운동가가 폭력 혐의로 수감되었지만, 이들은 멈추지 않았다.

'조금만 있어 봐'라고 말하던 이들이 움직이기 시작했다. '기다려 봐'라고 했던 이들이 나서기 시작했다. 일부 정치인들과 보수 언론에서는 여전히 서프러제트의 과격한 주장과 폭력적인 행동만을 부각시켜 비난을 퍼부었지만, 거대한 변화의 움직임을 가로막을 수는 없었다.

가장 보수적인 부류 중 하나였던 부유한 백인 남성층 중에서도 서프러제트에 동조하는 이들이 생겨나기 시작했다.

마침내 1918년 2월, '조금만 있어 보라'던 영국 정부는 일정 자격을 갖춘 30세 이상의 여성에게 참정권을 부여하는 국민투표법을 통과시켰고, 그로부터 10년 뒤 1928년 7월에는 21세 이상의 모든 여성에게 참정권을 부여했다.

2017년 실시한 총선에서는 총 208명의 여성이 영국 하원의원으로 당선되었다. 이는 전체 하원의원 수의 약 32%를 차지한다. 같은 선거에서 210명의 여성이 상원의원으로 당선되었는데 이는 상원의원 수의 약 26%에 해당한다. 참는 자에게 복은 있을지는 몰라도 변화하는 것은 없다.

여기까지 타이핑을 마친 나는 노트북을 덮고 딸과 함께 자전
거를 사기 위해 집 밖으로 나갔다.

Deeds, not Words!

남자는 가장 짧은 시간에

가장 필요한 물건을

가장 비싼 가격에 구입하고,

여자는 가장 긴 시간 동안

별 필요 없을 것 같은 물건을

가장 싼 가격에 구입한다.

자전거를 구하는 데 있어서도 마찬가지다.

자전거 고르기
vs. 청바지 고르기

뭘, 앞으로 너는 '남사보나 몇 배의 시간을 투자해
너에게 필요 없는 물건을 가장 싼값에 사는 존재'라는
비아냥을 듣게 될 거야.

괜찮아. 염려하지 마.

그 말을 너에게 할 남자들은
'순식간에, 자기에게 필요한 물건만을,
가장 비싸게 사는 멍청한 녀석들'이니까…….

결국 이날 우리는 세 시간 동안 네 곳의 매장을 둘러봤음에
도 불구하고 원하는 자전거를 사지 못했다. 일단 집으로 돌아
와서 나와 와이프, 그리고 무엇보다 딸이 원하는 자전거를 살
수 있는 방법을 찾기 시작했다.

애초에 내가 생각한 '자전거를 사는 방법'은 대략 다음과 같
았다. 아마 모르긴 몰라도, 이 책을 집어 펼쳐 든 아빠들 대다
수가 비슷한 방법을 생각했을 것이다.

집에서 가장 가까운 자전거 판매점에 간다.

딸에게 제일 마음에 드는 자전거를 고르도록 한다.

돈을 지불한다.

끌고 온다.

아무리 많이 늘리고 벌려도 4단계 이상은 나오지 않는 매우 간단하고도 단순한 작업일 거라 예상했다. 그러나 놀랍게도 이날 우리 셋은 모든 단계마다 합의에 이르지 못했다.

아니, 시작부터 삐걱거렸다. 일단 나는 두 모녀를 내가 아는 집에서 가장 가까운 자전거 판매점으로 안내했지만, 그곳은 가까운 곳일 뿐 두 사람이 원하는 매장이 아니었다. 2단계는 더 험난했다. 당연히 3, 4단계는 시도도 못 하고 철수해야만 했다.

며칠 뒤, 우리는 다시 한 번 자전거 사기에 도전했다. 이날 역시 4단계 과정을 거쳐 자전거를 사기로 했다. 무슨 일이 있더라도 이번에는 꼭 딸이 탈 자전거를 사고야 말겠다고 마음을 단단히 먹었다. 그러나 이날 우리가 실제로 수행한 작업은 다음과 같았다.

자전거 사기 도전 5단계

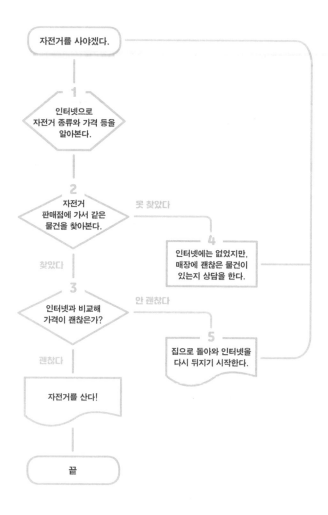

자전거를 사야겠다.

1 인터넷으로 자전거 종류와 가격 등을 알아본다.

2 자전거 판매점에 가서 같은 물건을 찾아본다.

못 찾았다

4 인터넷에는 없었지만, 매장에 괜찮은 물건이 있는지 상담을 한다.

찾았다

3 인터넷과 비교해 가격이 괜찮은가?

안 괜찮다

5 집으로 돌아와 인터넷을 다시 뒤지기 시작한다.

괜찮다

자전거를 산다!

끝

＊ 살 때까지 1~5번을 무한반복한다.

(1) 인터넷으로 자전거 종류와 가격 등을 알아본다.

(2) 자전거 판매점에 가서 같은 물건을 찾아본다.

(3) (찾았을 경우) 인터넷의 가격과 비교한다.

(4) (못 찾았을 경우 ①) 인터넷에는 없었지만, 매장에 괜찮은 물건이 있는지 상담을 한다.

(5) (안 괜찮을 경우 ②) 집으로 돌아와 인터넷을 다시 뒤지기 시작한다.

(6) (1)~(5)의 무한반복.

얼마 전의 실패를 거울삼아 5단계로 수정한 자전거 사기 과정은 무한대에 이르는 루프를 반복하다 우리에게 다시 한 번 자전거 구입 실패라는 치욕을 안겨 주었다. 결국 우리 부부는 서로에게 버럭 짜증을 내며 쇼핑을 그만두고 말았다.

그런데 우리 부부처럼 쇼핑에 어려움을 겪는 남녀는 생각보다 많다. 이건 '성급한 일반화'의 오류가 아니라 우리나라는 물론 세계 방방곡곡을 돌아다니며 실제 내 눈으로 보고 몸으로 체험해서 내린 '조금은 덜 성급하고 나름 방대한 자료를 검토해서 판단한 약간은 객관적인 일반화'의 결과다.

싱가포르 리틀 인디아의 한 가게에서 물건을 구입하다가 다툼이 커져 남편에게 구타당하던 아내를 목격한 건 좀 극단적인 사례로 치더라도, 신세계백화점 강남점 6층의 한 매장에서는 쇼핑 때문에 아내와 실랑이하던 모 연예인(방송에선 금슬 좋은 모습을 보여 주기로 유명한)을 만나기도 했다. 또 라스베이거스 외곽 지역의 한 명품 아울렛에시는 화를 내다 혼자 차를 몰고 숙소로 돌아가 버린 남편 때문에 부득이하게 남미에서 온 단체 관광객의 버스를 얻어 탄 유럽 여성을 본 적도 있다.

이들 외에도 최소한 나와 가까운 사람들 중에서는 '쇼핑을 하다가 아내(여자친구)와 단 한 번도 다투거나 언성을 높인 적이 없다'라고 자신 있게 말할 수 있는 사람은 없을 듯하다.

그런 걸로 치면 아내나 애인이 쇼핑을 할 동안 조용히 앉아서(더 정확히는 쇼핑의 영역으로부터 격리되어) 쉬거나 잡지를 읽을 수 있는, 남성 전용 쉼터를 마련해 놓은 하이델베르크 최대 백화점 카우프호프는 독일인 특유의 실용주의가 돋보인 경우였다.

그렇다면 왜 이런 일들이 생겨나는 것일까?

10여 년 전 한 가지 재미있는 그림을 본 적이 있다. 한 백화점의 평면도 위에 입구에서부터 어떤 매장까지 빨간 줄과 파란 줄이 그어진 그림이었다. 두 줄 모두 백화점에 온 소비자가 원하는 매장에 가서 원하는 청바지를 살 때까지 움직인 동선을 표시한 거였다. 고정관념이 늘 그러하듯이 빨간 줄의 동선은 여자, 파란 줄의 동선은 남자였고 그 그림은 다음과 같았다.

파란 줄은 입구에서부터 매장까지 직선으로 쭉 그어져 있는 반면, 빨간 줄은 마치 미로 찾기를 하듯 온 백화점 매장을 다 헤집고 다니다가 원하는 매장에 도착하는 경로로 그어져 있었다. 즉, 여성 고객들은 백화점에 있는 청바지 매장을 다 둘러본 뒤(심지어 청바지를 팔지 않는 모피 매장, 속옷 매장, 식품관 등등까지도 다 살펴본 후) 원하는 청바지를 파는 매장에 들러 구입을 시도한다는 것이다.

반면, 남성 고객들은 이미 머릿속에 염두에 둔, 혹은 주로 사

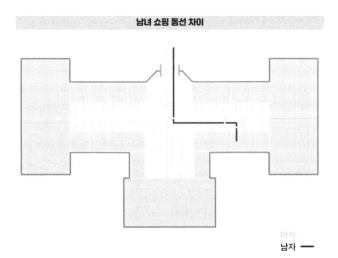

남녀 쇼핑 동선 차이

여자 ▬▬
남자 ▬▬

입던 브랜드 매장에 최단 거리로 가서 대개 입어 보지도 않고 평소 입던 사이즈에 맞춰 구입한 뒤 들어왔던 코스로 복귀한다는 의미다.

때문에 '남자는 1달러짜리 꼭 필요한 물건을 2달러에 사 오는 경향이 있고, 여자는 별로 필요 없는 2달러짜리 물건을 1달러에 사 온다'는 농담 아닌 농담이 꽤 많은 이에게 공감을 얻고 있는 것이다.

얼마 전까지만 해도 남녀 간의 이러한 쇼핑에 대한 의식과 행동의 차이라는 것은 말 만들기 좋아하는 이들, 특히 여성의 쇼핑 패턴에 대해 부정적인 감정을 가진 남성들이 여성을 비난하거나 비하하기 위해 만들어 낸 이야기로 여겨 왔다.

'된장녀' '김치녀'와 같은 단어의 쓰임새와 마찬가지로, 쇼핑 행위를 부정적으로 부각시킴으로써 여성을 생산성은 없으면서 소비에만 몰두하는 존재로 몰고 가기 위한 의도에서 만들어 낸 거라는 의구심을 사기에 충분했다.

그런데 최근 여러 연구를 통해, 남녀 간의 여러 의식과 행동의 차이 중 쇼핑 역시 과학적으로 타당한 이유가 있으며, 이로 인해 차이를 보일 수밖에 없음이 입증되었다.

독일 출신의 임상 정신과 의사이자, 신경과학 분야의 세계적인 권위자인 한스 게오르크 호이젤Hans-Georg Hausel 박사는 남녀가 쇼핑이라는 행위에 있어 보여 주는 분명한 차이, 아니 쇼핑 자체에 대한 생각의 극단적인 차이를 남녀의 뇌 구조, 분비되는 호르몬 등의 차이로 설명했다.

그의 연구 결과에 따르면, 남성 호르몬의 일종인 테스토스테론은 좌뇌에 주로 영향을 미치는데, 가장 큰 영향은 좌뇌에 있는 신경세포의 결합을 감소시키는 것이다. 그 결과 일상생활에서 남성은 여성보다 더 단순하게 사고하고, 자신을 둘러싼 세상이 단조롭게 질서를 유지하고 획일적인 체계를 갖추고 있어야 더 편안함을 느낀다고 한다.

즉, 사고 싶은 물건이 있으면 최대한 짧고 단순한 길로 빠르게 접근하여 '살 거냐? 말 거냐?'와 같은 OX의 단순한 선택지가 제시되어야 만족감을 느낀다는 것이다.

반면, 우리의 뇌는 참으로 오묘하고 신비로운 존재다. 우리의 뇌는 한쪽이 결핍되면 다른 한쪽을 왕성하게 활용하려는 경향을 보인다. 즉, 테스토스테론이 남성에 비해 극단적으로 적게 분비되는 여성의 경우, 테스토스테론의 영향을 받는 좌뇌를 대신해 우뇌가 활발하게 작동을 한다. 거기에 여성 호르몬의 일종인 에스트로겐이 복합적으로 작용을 하면서 남녀의 차이는 더욱더 벌어지게 된다.

'청바지' 하면 '얼마?'라는 직선이 그어지는 남성과 달리 여

성의 경우 '청바지'에서 그어지는 연결선이 그야말로 무궁무
진하다.

'이걸 어느 때, 어느 장소에 주로 입고 가면 될까?'

'지난번에 산 티셔츠와 잘 어울릴까? 서면에 산 청마시와 어
떤 차이점이 있을까?'

'너무 유행을 따르는 스타일이라서 쉽게 질리거나 한 해밖에
못 입는 건 아닐까?'

'곧 세일인데 더 싸게 살 수 있을까? 그때가 되면 물건이 빠
지고 없을까?'

즉, 하나의 물건에 하나의 생각만 하며 시장이나 백화점에 도
착한 남성에 비해, 수십 배는 더 많은 생각과 연결고리를 들
고 도착한 여성의 동선은 복잡할 수밖에 없고, 쇼핑 시간 역
시 몇 배 더 길 수밖에 없다.

그리고 무엇보다 그런 아내, 누나, 엄마들이 사다 준 싸면서
도 기름과 살코기가 적절히 섞인 삼겹살, 비슷한 듯하지만 착
용감과 땀 흡수력이 월등한 속옷, 쉽게 때 타지 않고 아무 옷
이랑 매칭을 시켜도 그런대로 잘 어울리는 오리털 점퍼 덕분
에 우리가 살아올 수 있었던 것이다. 무슨 말이 더 필요할까?
아무튼 차이는 분명히 존재한다. 그렇다면, 우리에게 쇼핑은
'평화로운 인생을 위해서' 남자와 여자가 절대로 함께 가면

안 되는 남녀 사우나나 남녀 화장실과 비슷한 그런 것일까?

일본 주택 설계 분야의 거장인 나카무라 요시후미中村好文 선생은 의뢰를 받으면 바로 설계에 들어가는 것이 아니라, 현재 의뢰인이 사는 곳을 방문해서 그가 살아가는 모습을 주의 깊게 관찰한다고 한다. 요리하는 모습, 설거지하는 모습, 빨래하는 모습, 다 된 빨래를 빨랫줄에 너는 모습, 청소하는 모습, 쓰레기를 분리수거하는 모습 등등.

그러고는 거기에서 받은 영감을 바탕으로 의뢰인과 대화를 시도한다. 때로는 쓰레기 분리수거장 앞에 서서 5분 남짓한 대화를 나누기도 하지만 서로가 좋아하는 와인을 앞에 두고 끝도 없는 대화를 이어 나가는 경우도 비일비재하다.

그렇게 나눈 문답은 의뢰인과 건축가 사이에 하나의 이야기가 되고, 그러한 이야기가 만들어 낸 집은 두 사람 모두에게 실패하는 법이 거의 없다고 한다.

쇼핑 역시 마찬가지다. 쇼핑을 잘하는, 아니 적어도 쇼핑이라는 신성한 행위를 함에 있어서 다투지 않는 남과 여, 아내와 남편의 공통적인 모습 중 하나가 쇼핑을 하기 전 혹은 쇼핑을 하는 가운데 많은 이야기를 나눈다는 것이다.

그 물건이 얼마나 필요한 물건인지, 그게 없는 바람에 얼마나 큰 불편함을 겪었는지, 현재의 경제적 여유로 어느 수준의 제품을 살 수 있을지 등에 대해 서로 쉴 새 없이 이야기를 나눈다. 즉, 남성의 쇼핑 뇌와 여성의 쇼핑 뇌 사이에 대화라는 나리를 놓아 서로 소통하고 이해할 수 있는 기회를 부여하나는 것.

이렇게 함으로써 그들에게 쇼핑은 물건을 구매하는 데 모든 것이 집중된 노동 행위가 아니라, 그를 빌미로 사랑하는 상대방과 이야기를 하고, 상대가 원하는 것을 인지하고, 서로 교감하는 고도의 애정 행위가 된다.

다시, 우리 가족 이야기로 돌아와 보자. 곰곰 생각해 보니, 처음 자전거를 사기로 할 때 "무슨 자전거 살래?"라고 딸에게 건성으로 물어본 뒤로는 단 한 번도 딸이 원하는 자전거가 어떤 건지 진지하게 의견을 들어 본 적이 없다는 생각이 들었다.

이번에는 자전거 매장에 나가기 전날 저녁, 먼저 거실에 모여 앉았다. 나와 와이프는 와인을 한 잔씩 따라서 앞에 두고, 딸에게도 비슷한 색깔의 포도 주스를 따라 주었다. 그러고는 딸과 와이프에게 원하는 자전거가 어떤 건지부터 물었다.

딸은 앞바퀴가 크고 뒷바퀴는 작은, 몸체는 나무로 이뤄져 있고 페달을 밟지 않아도 저절로 움직이는 그런 자전거를 원

한다고 했다. 와이프는 조금 다른 대답을 했다. 와이프는 차
지하는 공간이 최소인, 대충 접어서 아무데나 쑤셔 박아 둘
수 있는, 한 손에 백을 들고 나머지 손으로 들 수 있을 만큼
무게가 가벼운 자전거면 좋겠다고 했다.

우리는 과연…… 원하는 자전거를 살 수 있을까?

남자는 구매를 하고
여자는 소비를 한다는 논리

아빠는 밥을 '사 먹고' 옷을 '사 입어도'
열심히 돈을 벌기 위해 (생산을 하기 위해)
필요한 일을 한 거라는 생각들.

엄마는 밥을 '짓고' 옷을 '뜨개질로 짜도'
아빠가 번 돈으로 쌀을 사고,
아빠가 번 돈으로 실과 바늘을 사느라,
돈을 써 버렸다는 생각들.

자전거 사기는 예상보다 더 많은 시간이 걸렸다. 내가 일찍 퇴근하는 평일이나 주말에 함께 여기저기 매장을 둘러보았는데도 딱히 마음에 드는 물건을 찾기 어려웠다. 덕분에 우리 가족은 쇼핑을 빙자해 물건 구경, 사람 구경은 실컷 할 수 있었다.

그러던 어느 날, 보통 때처럼 "마음에 드는 자전거가 있나 한번 가 보자"라며 딸아이와 집을 나섰지만, 마음 한편으로는 '과연 그런 자전거를 만날 수 있을까' 하는 의구심을 가진 채 백화점으로 나서게 되었다.

역시나 이번에도 원하는 물건은 찾을 수가 없었고, 배고프다고 칭얼대는 딸을 데리고 백화점 9층 인도 요리 전문점으로 들어갔다. 카레 두 가지와 갈릭 난 두 장, 탄두리 치킨 반 마리와 라씨 한 잔을 시키고 숨을 돌리려는데 딸이 식당 안을 휘 둘러보더니 외쳤다.

"와! 여기 다 여자야. 아빠랑 저쪽 아저씨랑만 빼고. 다 여자야! 아까 백화점에서도 다 여자였어."

카레 향은 계속 코와 위를 괴롭히는데, '여자' 손님이 많아서 그런지 우리가 시킨 음식은 나올 기미가 보이지 않았다.

대학교 4학년 무렵 인도에 장기간 머문 적이 있다. 당시 거처하던 뭄바이 숙소의 화장실이 너무 더러웠기에 나는 매번 용변을 볼 때마다 숙소 앞에 있던 박물관의 화장실을 이용했다. 정확하게는 박물관을 관리하는 공무원들이 이용하는 사무동의 화장실이었다. 기억을 더듬어 보면, 당시 박물관에서는 외국인에게 입장료로 5루피(당시 환율로 원화 약 1,300원)를 받고 있었는데 몇 분 정도 지켜보다 입구의 경비원이 괜히 붙잡지 않는 이상 사무동은 누구나 드나들 수 있다는 사실을 발견했다. 그리고 놀랍게도 사무동의 뒷문은 박물관의 동편 뜰과 연결되어 있었다.

설명이 길었지만 간단히 말해, 뭄바이에 머물던 나흘 내내 나는 '조금 더 쾌적하게' 용변을 본다는 핑계로 매일 박물관을 무료로 관람했다.

박물관의 수많은 유물 중에서 나의 눈길을 사로잡았던 것은 선사시대 인도를 그대로 재현해 놓은 밀랍인형들이었다. 물론 그 박물관에서 가장 유명한 볼거리들은 따로 있었다.

후에 조지 5세로 즉위한 영국 왕자 요크공의 1905년 인도 방문을 기념하기 위해 만들어진 박물관은 그 자체가 인도-사라센 건축 양식의 교과서와 같은 모습을 하고 있었다. 소장품 중에서는 압도적인 양과 질의 인도 세밀화Indian miniature painting가 유명했고, 방대한 양의 초·중기 힌두 문명 문물도 전시되어 있었다.

반면, 밀랍인형은 선사시대 인도의 모습을 재현한 공간에서도 가장 구석진 곳에 몇 개 놓인 게 다였다. 고대 인도인들의 생활상을 묘사한 밀랍인형들은 불을 피우고 있거나 사냥을 하거나 뭘 하는지 알 수 없는 어성성한 자세로 폼을 삽고 있었다.

기차표 문제로 일정이 꼬여 뭄바이에서만 일주일 넘게 있어야 했고, 숙소의 화장실 사정은 나아질 기미가 없었으며, 아무리 먹는 게 부실하다 하더라도 용변은 하루에 한 번 봐야 했으니, 좋든 싫든 박물관 내부 구조와 소장품을 거의 외우다시피 할 정도로 들락날락해야 했다.

사람은 삶이 익숙해지거나 지루해지면 어떻게 해서든 재미를 찾거나 놀 궁리를 하게 마련이다. 나는 열 개가량의 밀랍인형에 각기 이름, 나이, 성별, 가족 혹은 부락 내에서의 지위와 역할을 정해 놓고서 매번 방문할 때마다 머릿속으로 상황극을 벌이곤 했다.

주인공은 두 사람, 아니 두 인형으로 성인 남성 인형의 이름은 차파티, 성인 여성 인형의 이름은 사나티였다. 붙인 이름에 아무런 의미는 없었다. 그냥 인도 사람 이름과 비슷한 발음으로 만들어서 붙였을 따름이다.

차파티는 사람들과 함께 무언가를 향해서 막대기를 던지려는 자세를 취하고 있었고, 사나티는 아이들과 둘러앉아 요리를 하고 있었다. 나는 차파티와 사나티가 부부라고 설정했다. 남편 차파티는 부족의 용맹한 전사로 사람들을 이끌고 들판에 나갔다가 사냥감을 발견하고 창을 던지려는 찰나를 묘사한 것이고, 아내 사나티는 차파티가 구해 온 사냥감으로 가족들을 위해 음식을 만드는 모습을 묘사한 것이라고 설정했다.

"가족들을 위해 오늘도 거대한 매머드를 잡아야겠어!"

"오늘도 멋진 사냥감을 구해 오셨군요. 맛있게 요리해 드릴게요."

얼마나 심심하고 지루했으면 차파티와 사나티를 앞에 두고 한국말로 이런저런 대사를 더빙하기까지 했다.

그러기를 며칠, 하도 빈번하게 박물관과 사무동을 왔다 갔다 하다 보니 안면을 트게 된 큐레이터가 한 명 있었는데, 밀랍인형이 있는 전시실에서 그를 우연히 만나게 되었다. 함께 이야기를 나누던 중 깜짝 놀랄 이야기를 듣게 되었다.

"쟤가 여성이고, 쟤가 남성입니다."

그가 '여성'이라며 손가락으로 가리킨 것은 차파티, 멋지게 사냥감을 향해서 창을 치켜든 남성이라고 믿었던 밀랍인형이었다. 그리고 그가 '남성'이라며 가리킨 것은 사나티, 남편이 구해 온 사냥감으로 음식을 만드는 밀랍인형이었다.

"그럴 리가요?"

믿지 못하는 내게 그는 자신의 사무실에서 밀랍인형 전시관을 기획할 때 그렸던 노면을 가져와 관련 논문까지 읊어 가며 열변을 토했다.

1986년, 인도와 경쟁 관계에 있던 파키스탄이 프랑스 고고학 연구팀과 공동으로 카치 평원에서 신석기 시대 유적을 발굴했다. 기원전 7000년에서 3200년 무렵에 사람들이 마을을 이루고 살던 곳으로 추정되는 이 유적지는 메르가르Mehrgarh라는 이름으로 전 세계에 소개되었다. 문제는 이곳이 인더스 문명보다 훨씬 앞선 초기 정착 문명으로, 남아시아 최초로 인간이 농경과 축산을 한 흔적으로 추측된다는 프랑스 연구팀의 발표였다.

우리의 한일 관계와는 비교할 수 없을 정도의 앙숙 사이인 파키스탄과 지금도 국경에서 가끔 총격전을 벌여 수십 명의 사상자를 내곤 하는 인도는 큰 충격을 받았다. 더군다나 인도가 가장 자랑스러워하는 인더스 문명보다 앞선 문명이 파키스탄 땅에 있었다는 사실을 도저히 받아들일 수 없었다.

인도는 자국 역사에 대한 대대적인 조사와 발굴 작업에 착수했다. 마침 영국 식민지의 때를 벗고 문명국 인도의 역사를 바로 알자는 운동까지 맞물려 일어나며, 내가 날마다 화장실 신세를 진 박물관을 포함해 기차역, 관공서, 학교 등의 이름은 식민지 시절의 영어 이름이 아닌 인도 역사상 유명했던 영웅이나 힌두 신화 속에 등장하는 신의 이름으로 바꿔 부르게 되었다.

"그때 얼마나 위에서 보채던지, 그래서 억지로 남부 지방에 살던 것으로 '추정되던' 구석기 시대 니그리토인의 생활상을 재연한 밀랍인형 전시관을 여기에 만든 겁니다."

큐레이터가 펼쳐서 보여 준 도면에 차파티는 '막대를 가지고 과일을 따려는 여인'이라는 이름이 붙어 있었다. 뒷면에 그려진 사나티는 '날카로운 돌로 큰 돌을 쪼개 석기를 만드는 사내'라는 이름이 붙어 있었다. 그 말을 듣고 자세히 살펴보니 내가 그동안 '창'이라고 확신했던 차파티의 손에 들린 막대기의 끝은 뭉뚝했다. 화로 곁에 앉아 요리를 하는 거라고 생각한 사나티의 손에 쥔 것은 사냥할 때나 쓸 법한 날카로운 석기였다.

실제 성별을 알고 나니 이제까지 내 머릿속을 맴돌았던 상황극 대사가 전혀 다르게 바뀌어 버렸다.

"저 나무 위의 과일을 좀 따서 가족들을 먹여 볼까?"

"내가 이 돌을 쪼개 날카롭게 만든 다음 사냥감을 잡아 올게."

그런데 나는 어쩌다가 이런 오해를 하게 된 것일까? 사나티의 머리카락이 길고 체구가 작아서? 사나티의 머리카락이 길기는 했지만, 같은 구석기 시대의 사람인 차파티의 머리 역시 길었다. 체구 역시 유인원보다 조금 클까 말까 한 몸집은 현대인의 그것에 비하면 둘 중 누가 더 크다고 말하기가 어려웠다.

오해는 차파티의 손에 든 것을 창으로, 쪼그려 앉은 사나티 앞에 놓인 돌을 도마나 화로로 인식하면서부터 시작이 된 듯했다. 아니, 어쩌면 내 머릿속 회로에 고착된 '남자는 무언가 생산적인 활동을 해서 외부로부터 자원(과거에는 사냥감, 현대에는 돈이나 권력)을 구해 오는 사람' '여자는 남자가 구해 온 자원을 잘 활용하여 집 안을 돌보는 사람'이라는 관념 때문일지 모르겠다는 생각이 들었다.

요즘에야 그런 말들이 거의 사라졌지만, 불과 10여 년 전까지만 하더라도 여자가 무언가 구설수에 오르면 늘 듣게 되는 말이 "여자가 집에서 살림이나 하지……"였다.

운전을 하다 시비가 붙어도, 이야기를 하다가 논쟁이 벌어져도, 무언가 부당한 것을 따지고 들어도 언제나 듣게 되는 말은 '여자가 집에서 살림이나 하지……'였다. 그와 비슷한 뜻이되 느낌이 약간 다른 표현으로 '여자가 집에서 애들이나

키우지……'와 '남편 밥상도 안 차려 놓고 밖에서 뭐 하냐?'
가 있었다.

여자가 하는 일은 늘 생산(성)과는 거리가 먼, 소비 지향적인
것 혹은 소비라고 할 것도 없는 쓸데없는 일로 치부되는 경
우가 대부분이었다.

아무리 진심을 담아 고민의 산물을 토해 내며 심도 있는 토론
을 벌여도 "수다 떨지 말고 일이나 해라"나 "노닥거리지 말
고 일이나 해"라는 말을 듣기 일쑤였다. 무언가 새로운 것을
만들어 가면 "애들 소꿉장난하는 것도 아니고"라는 핀잔을
들어야 했다.

그나마 근래 들어 이 정도에서 끝나는 것이지 동서양을 막론
하고 역사적 기록에 여성은 사회적 발전과 성장에 전혀 도움
이 안 되는 존재, 남성이 이뤄 놓은 것들을 기반으로 생산에
는 전혀 기여하지 못하고 소비만 일삼는 존재로 그려져 왔다.
심지어 여성과 아동의 인력 착취를 통해 고도성장을 구가한
시기의 그런 나라에서조차.

그러나 실상을 살펴보면 우리의 역사에서 최근의 수백 년을
제외한 나머지 시기에는 여성이야말로 생산의 상징이었다.
오히려 남성은 파괴와 소비, 때로는 그를 넘어 '사치와 낭비'
'헛수고'의 표상이었다.

고대 메소포타미아 지역에서 숭배했던 신은 네르갈과 아스타르테였다. 남신인 네르갈은 주로 분노에 휩싸여 전염병과 굶주림 등으로 인간을 징벌하고 파괴하는 반면, 여신인 아스타르테는 지중해 주요 항구들을 드나드는 선박이 안전하게 항해하도록 지켜주고, 만선의 기쁨과 풍년의 소원을 이뤄 주는 신, 인간에게 풍요로움을 선사하는 생산과 다복의 상징이었다.

그보다 조금 뒤에 등장하는 나부와 나나 역시 마찬가지다. 나부와 나나는 바빌로니아 신화의 주신으로, 우리에게 그 이름이 널리 알려진 것은 IS에 의해서다. 몇 해 전 이슬람 원리주의를 표방하며 결성된 국가임을 빙자한 범죄 단체, IS는 만행을 저질렀다. 우상숭배라는 이유를 들어 모술박물관에 소장된 수천 년 전의 유물들을 파괴한 것인데 그중 대표적인 것이 나부와 나나 신상이었다.

남신인 나부는 인류가 만들어 낸 신화 중 최고의 '파파보이'였다. 그래서 아버지와 함께라면 모를까 단독으로는 존재감이 그다지 높은 편은 아니다. 반면, 그의 아내로 묘사되는 여신 나나는 아시리아에서는 니사바Nisaba, 아카드에서는 타쉬메툼Tashmetum 등으로 그 이름을 달리하지만, 그가 상징하거나 관장하는 영역은 공통적으로 생산, 보호, 베풂과 은혜다.

말 그대로 부실한 남편과 극성인 시아버지가 때려 부수고, 불
태우고, 말썽을 피우면 그를 수습하고 보살펴 다시 원래의 상
태로 만들거나 더 풍요로운 모습으로 만들어 주는 것이 여신
의 몫이었다.

이후로도 여신들은 쭉 이 세상의 보호와 발전을 위해 묵묵히
맡은 바 소임을 다해 왔다. 그리스, 로마시대를 거쳐 현대의
서구 문명으로 이어지기까지 유일신 기독교가 본격적으로
전파된 약 2000년 정도의 기간을 제외한 수만 년간 여신들은
다산과 다복, 성장과 생산의 상징으로서 이 세상을 이루고 지
켜 냈다. 그리고 그 여신들은 육체 하나하나에 깃들어 '어머
니'라는 이름으로 우리의 집집마다 찾아와 여전히 세상을 키
워 내는 '생산의 주역'이 되어 주었다.

그럼에도 불구하고 그 '여신'들이 차를 몰고 길로 나서면 "집
구석에서 밥이나 하지 어디 차를 몰고 기어 나와서 민폐야!"
라는 소리를 들어야 했고, "남편은 쎄 빠지게 일할 때 월급이
나 축내고, 커피숍 와서 쓸데없이 수다나 떨고 난리야!"라는
소리를 들으며 생산성 없는 소비(때론 그를 뛰어넘어 사치와 낭
비)의 대명사처럼 여겨지는 것이 현실이었다.

나 역시 그런 고정관념에 젖어 있었기에 차파티와 사나티를
서로 헷갈려 했던 것은 아니었을까.

이런저런 상념들이 머릿속을 어지럽히던 그때, 카레와 난 그리고 탄두리 치킨과 라씨가 동시에 나와 테이블에 차려졌다. 허겁지겁 포크를 집어 드는 딸에게 말했다.

"백화점에서 물건을 사는 사람 중에 여자가 많지만, 그 물건을 파는 사람 중에도 역시 여자가 많지? 이 식당에서 음식을 먹는 사람도 여자가 많지만, 여기 일하시는 분들도 여자가 많지? 아빠 같은 사람은 물건을 잘 못 고르고, 제대로 살 줄도 몰라. 그래서 엄마가 도와주는 거고. 다른 아저씨들도 그런 경우가 많은가 봐. 그래서 언니들, 엄마들이 도와주러 백화점에 자주 나오는 거야.

여자들이 백화점에 많은 이유는, 여자들만 뭘 사는 걸 좋아해서가 아니야. 가정을 꾸리기 위해 필요한 것들을 마련하고 챙기는 중요한 역할을 아직은 남자보다 여자들이 더 많이 도맡아 하고 있기 때문이지."

딸아이, 혹은 그 딸과 함께 살아갈 사람이 나처럼 차파티와 사나티를 구별하지 못하는, 남자는 '생산' 여자는 '소비'라는 고정관념에 휩싸인 채 살아가지 않도록 하기 위해 그 뒤로도 몇 가지 이야기를 덧붙였지만, 딸에게는 그다지 효과가 없는 듯했다.

"응, 근데, 어찌 되었든 백화점은 여자들 꺼야!"

아이는 이렇게 말하고는 갈릭 난에 시금치 카레를 듬뿍 얹어
한입에 털어 넣었다.

여자가 무언가를 산다는 것,
남자가 무언가를 산다는 것

여자가 무언가를 사면 '소비'
남자가 무언가를 사면 '투자'

여자가 무언가를 버리면 '낭비'
남자가 무언가를 버리면 '정리'

여자가 무언가를 다시 사면 '무분별한 소비'
남자가 무언가를 다시 사면 '과감한 재투자'

여자가 사 온 기저귀를 차고,
여자가 장 본 거로 밥을 먹고,
여자가 구해 온 넥타이를 매고
출근하는 사람들이 할 얘기는 아닌 듯한데……

결국, 우여곡절 끝에 자전거를 사기는 샀다. 민트색 프레임에 검은색 휠, 안장 역시 검은색. 쓰고 나니 굉장히 단순하고 흔한 색상과 디자인의 자전거 같지만, 실제로는 굉장히 독특한 색상에 디자인 역시 그리 흔한 것은 아니어서 주문부터 손에 쥐기까지 다섯 달 가까운 시일이 걸렸다.

더 솔직하게 말하자면, 실제 주문을 하고 그 상품이 매장에 오기까지 그렇게 오랜 시간이 걸린 것은 아니었다. 매장에서는 한 달 만에 "제품이 입고되었으니 가져가세요"라는 연락이 왔지만, '눈이 와서' '추워서' '술이 덜 깨서' '왼쪽 엄지발톱에 내성 발톱 기미가 보여서' 또는 '이런저런 도저히 댈 수 없는 이유로' 다음에 가겠다고 미루다 보니 무려 넉 달 하고도 3주 만에 자전거가 우리 집에 오게 된 것이다.

그런데 그게 끝이 아니었다. 안장 모양이 딸의 엉덩이에 맞지 않아서 다른 형태의 안장을 구입해서 교체해야 했고, 자전거 핸들 손잡이 역시 딸이 마음에 안 든다고 해서 다른 컬러의 손잡이를 사다가 갈아 끼워야 했다. 나중을 생각해서 조금 큰 자전거를 사다 보니 부쩍 겁을 내는 바람에 팔꿈치와 무릎 보호대, 장갑 그리고 헬멧까지 새로 구입했다.

시운전을 해 보더니 따르릉 벨을 달아 달라고 해서 그렇게 해줬고, 다시 한 번 올라타 보더니 옷과 가방을 넣는 바구니가 있어야 할 것 같다고 해서 매장을 또다시 방문하게 되었다.

그러다 보니 처음 자전거를 살 때보다 더 자주 매장을 들르게 되었고 당연히 매장의 직원들은 물론, 자주 오는 단골들과도 안면을 트게 되었다. 그중 한 아저씨가 자전거 앞뒤에 매달 바구니를 고르고 있던 내게 말을 걸어왔다.

"아무래도 딸이다 보니 이것저것 살 게 많으시네요."

'아무래도 딸이다 보니'라는 말이 의미하는 건 무엇일까?

'아무래도 아들은 아무것도 살 게 없다'는 말과 반대말일까?

그렇다면 진짜로 '아무래도 아들'은 자전거 한 대만 사 주면 어떠한 것도 추가적으로 살 필요가 없는 존재라는 것일까?

실제로 여자들이 무언가 많이 산다는 것은 맞는 얘기 같기도 하다. 최근 세계 경제의 중심축 중 하나로 인정받는 중국에서는 '타징지他经济'라는 신조어가 유행하고 있다. 실제로는 2007년 처음 등장했으나 몇 년간은 거의 쓰이지 않다가 알리바바, 텐센트, 징둥닷컴 등 전자상거래가 폭발적으로 늘어나면서 다시금 유행하기 시작한 단어다. 이를 군이 우리말로 번역하자면 '그녀의 경제' 또는 의역하자면 '여성 경제' 정도가 되겠다.

중국은 지금 1980~1990년대에 태어난, 교육 수준이 높고 사회 진출이 비교적 활발한 여성들을 중심으로 '나 자신을 아끼자對自己好一点'는 사고방식이 열풍처럼 일어나면서 미용, 패션, 육아용품, 레저, 교육상품 등을 중심으로 여성이 주도하는 경제활동이 크게 늘어났다. 덕분에 중국의 의료 미용 시장은 조만간 미국에 이어 세계 2위에 올라설 것으로 예상되고 있다. 패션 역시, 과거 해외 유명 브랜드의 생산 기지 역할에만 머물러 있던 중국이 어느새 최대의 소비 시장으로도 급부상했으며, 특히 명품 브랜드, 고가의 기능성 의류 시장의 약진이 눈부시다.

일본의 경우 1980년대 중반, 시장에 돈이 흐르다 못해 넘쳐났던 시기만 하더라도 남녀노소 할 것 없이 누구나 다 소비 생활에 몰두했지만, 버블 경제가 무너지며 시작된 '잃어버린 20년' 동안에는 하나둘씩 소비에서 멀어지기 시작했다.

가장 먼저 멀어진 이들은 돈을 쓰기보다 모으는 데 더 능숙한 이른바 '단카이 세대(1947년부터 1949년 사이에 태어난 베이비 붐 세대)' 그리고 그들의 선배인 '태평양 전쟁 세대'였다. 특히 '회사 인간' '평생 직장'의 신념 속에 모든 것을 직장에 걸었던 중년 남성들의 이탈 속도는 엄청났다. 그렇게 20년간 그들은 소비와 멀어져 갔다.

그런 가운데 소비 시장을 지탱한 것은, 아니 위축되지 않은

것은 거의 유일한 소비층인 '마케이누(負け犬)'라 불리는 젊은 여성들 덕분이었다.

사실 이 '마케이누'라는 단어에는 그리 좋지 않은 의미가 담겨 있다. 일본어로 '싸움에 진 개'를 일컫는 이 말은 '결혼도 하지 않고 잔소리나 일삼는 노처녀'를 비아냥댈 목적으로 쓰기 시작한 단어다. 그러나 시간이 흐르면서 어찌 되었든 간에 올드미스 또는 골드미스를 일컫는 말로 쓰이게 되었다.

'일점호화(一点豪華)' 즉 하나를 사더라도 비싼 것을 산다는, 특히 생필품은 최대한 아껴서 저렴한 것들로 사되 패션, 취미용품, 기호식품 등은 최상급으로 구매하는 그들의 성향은 일본 소비 시장에 새로운 바람을 불어 넣었다.

이는 중국이나 일본만의 모습은 아니다. 몇 해 전, 주요 일간지 중 한 곳에서 꽤 여러 면을 할애해 '중년 남자의 소비'에 대한 기획기사를 게재했다. 이제 중년 남자들이 '혼자 백화점에 오고', 백화점에 와서 '자기가 입을 옷을 고르고', 그를 '자기가 직접 산다'는 기사였다. 기자가 냉정함과 객관성을 유지하기 위해 많이 노력한 듯하나, 기사의 곳곳에서 '오! 대견한데? 남자들이? 그것도 중년이? 와우!'라는 감정이 묻어났다. 여성이라면, 미성년자든 중년이든 노년이든 상관없이, 누구나 일상적으로 하는 행동임에도 불구하고 그를 남성이 혼자서 해내자 신기하고 대견하다는 평가를 받은 것이다. 그만큼 우리 사회 역시 여성들에 의한 소비를 당연시하고, 여성들이 주도하는 경제가 그 중심으로 자리 잡았다고 볼 수 있다.

실제로 몇 안 남은 남성 수도 소비 영역이라 여겨 왔던 자동차, 전자제품, 와인 시장 역시 이제는 여성이 주도하거나 최소한 여성들의 구매력을 무시하지 못할 수준까지 올라왔다.

그런데 생각해 보면 이런 구분은 불필요하다. 여자가 무언가를 사면 '소비'고, 남자가 무언가를 사면 '투자'라는 생각 자체가 우리에게 전혀 도움이 안 되는 그릇된 이분법이다.

어차피 세상은 여자와 남자라는 두 바퀴로 굴러가고, 경제는 생산(투자 포함)과 소비라는 두 날개가 있어야 하며, 비행기는 바퀴와 날개 모두가 제대로 달려 있어야 활주로를 질주해 창공으로 훨훨 날아갈 수 있기 때문이다.

그 순간, 가게 문이 열리고 아들 손에 이끌려 한 엄마가 들어왔다. 우리 딸과 비슷한 나이대로 보이는 아들의 뒤통수에 대고 엄마가 다급한 목소리로 외쳤다.

"안 돼! 사지 마! 안 사줄 거야!"

그러나 아들은 엄마의 외침에 아랑곳하지 않고 안장 아래와 뒷바퀴 사이에 달 수 있는 수납용 가방, 버튼을 누르면 효과음과 함께 레이저 광선이 나가며 요란스러운 불빛을 비추는 자전거 벨, 새턴로켓 모양으로 만들어진 플라스틱 물병, 바퀴살에 붙이면 돌아갈 때마다 움직이며 빛을 반사하는 야광 액세서리, 손등에 장식용 징이 박힌 장갑, 만화 캐릭터가 그려진 무릎 보호대와 팔꿈치 보호대 세트, 인기 로봇 시리즈물에 등장하는 주인공 로봇 머리 모양을 본뜬 헬멧 등을 주섬주섬 바구니에 넣었다.

'아무래도 아들이다 보니' 내가 '아무래도 딸이다 보니' 이것 저것 고른 것들의 딱 두 배 분량이었다.

남자는 절대로 여자에게

아무런 대가 없이

그 무엇도 양보하지 않는다.

특히, 자리에 관해서 만큼은

더 지. 독. 하. 게

야! 반포 땅이 다 네 거냐?

딸,

앞으로 너는 '의자 빼앗기' 싸움을 하게 될 거야.

의자의 숫자는 항상 앉기를 원하는 사람의 숫자보다
단 한 개라도 적기에 늘 경쟁이 치열하지.
더 황당한 것은 자리에 붙은 명찰일 거야.
'남자용' '여자용'.
그러면 늘 '남자용'보다 적은 '여자용'을
차지하기 위해 매번 더 열심히 싸워야 하는 걸까?

아니. 명찰을 아예 떼어 버리자!

자전거 매장 안 두 평 남짓한 공간과 아파트 엘리베이터 출
구에서 현관으로 이어지는 수미터 남짓한 복도를 제외하고
는 처음 밖으로 나가 시승하기로 한 날이었다.
긴장되는 거로는 당사자인 딸보다 아빠가 더했다. 양손, 양다
리에 보호대를 채우고 헬멧을 씌우고서도 뭔가 더 입히거나
채울 것은 없는지 찾느라 공연히 몇십 분의 시간을 더 보낸

뒤 오늘의 목적지 반포종합운동장으로 향했다.

반포종합운동장은 가장 안쪽이 축구장, 그 바깥쪽으로 인라인, 자전거, 조깅 트랙 순으로 둘러싸여 있고 트랙의 바깥쪽은 시멘트와 보도블록 등이 깔린 공터였다. 즉 자전거를 타자면 제일 안쪽 트랙까지 들어가야 했다. 문제는 딸이 제대로 된 주행을 처음 해 보는 것이기에 무작정 자전거 트랙으로 들어가 민폐를 끼칠 수 없다는 거였다. 우리는 우선 공터에서 페달을 밟아 감을 익힌 뒤 트랙으로 들어가기로 했다.

비틀. 비틀. 비틀. 비틀.

엉거주춤한 자세로 내가 뒤에서 뒷바퀴에 붙은 지지대와 안장을 꽉 잡고는 있었지만, 핸들을 쥔 딸아이의 손에 힘이 들어가지 않으니 자전거는 좌우로 쉴 새 없이 비틀거렸다. 양쪽으로 보조바퀴가 달려 있어 균형이 저절로 잡히는 네발자전거와 달리 스스로 균형을 잡아야 하는 두발자전거를 딸아이가 너무 겁내 하는 것이 가장 큰 걸림돌이었다.

결국 페달을 밟는 주행은 포기하고 우선 자전거 핸들을 잡고 걸어가며 느낌을 익히는 것부터 하기로 했다. 자전거를 처음 배울 때의 기억이 가물가물해서, 대학 시절 오토바이에 빠져 원동기 면허 시험을 준비할 때 선배가 '우선 오토바이와 친해져야 해'라며 가르쳐 주었던 방식을 따라 해 본 것이었다.

다행히 아이는 땅에 자신의 발을 딛고 있을 때는 자전거를 무서워하거나 어려워하지 않았다. 양손으로 핸들을 잡고 씩씩하게 앞으로 걸어 나갔다.

"왼쪽으로 뛰어서 가 봐! 이번에는 오른쪽으로!"

아빠의 신호에 왼쪽으로, 또 오른쪽으로 꺾어 가며 이리저리 잘 걸어갔다. 조금만 더 하면 자전거와 어느 정도 친밀해져서 다시 안장에 앉아 주행 연습을 해도 될 것 같았다. 그러다 보니 제법 멀리 가게 돼 운동장 가장자리에 있는 공터까지 들어갔다.

그때 공터에서 놀던 남자아이 하나가 공을 던져 율교의 자전거 앞바퀴를 맞췄다. 순간 깜짝 놀란 딸은 핸들을 쥐고 있던 양손을 놓아 버렸고, 자전거는 그대로 넘어졌다. 처음엔 그냥 우연히 공이 날아 온 줄 알았는데, 공의 출처를 따라가 보니 아이의 자전거를 정확히 조준해서 던진 게 분명했다.

"여기 우리 자리야. 나가!"

삽시간에 서너 명의 남자아이가 몰려들었다.

딸은 지지 않고 대들었다.

"어디에 씌어 있는데? 너네 땅이라고!"

그러자 다른 남자아이가 나섰다.

"야 여기는 원래부터 우리 자리거든?"

그 아이들보다 30년 정도 먼저 태어나, 적어도 10년 이상 먼저 이 운동장을 사용해 온 사람의 입장에서 설명하자면, 그곳은 원래 배드민턴장으로 만들어졌다가 운동장 한편에 실내 배드민턴장이 세워지면서 방치되었다가 잠깐 족구장으로 사용되었고, 이후 족구를 하는 사람들이 떠나면서 완전히 방치되어 온 자리였다. 말 그대로 누구도 주인이 아니고, 어떠한 용도로 써도 상관없는 '공터'였다.

아이들 다툼이지만 혹시라도 커질까 싶어 어른으로서의 쪽팔림을 무릅쓰고 싸움에 끼어들었다. 끼어들었다고 해 봐야 어린아이들과 1 대 6으로 주먹다짐을 벌이고 뭐 그런 건 아니었고, 최대한 근엄한 표정으로 아이들을 한 번 스윽 쳐다본 뒤, 흥분한 딸아이와 자전거를 끌고 그곳을 빠져나오는 정도였다.

그런데 이와 비슷한 이야기는 딸을 쫓아낸 남자아이들의 입에서가 아니더라도 이미 오래전부터 여기저기서 들어 온 것이었다.

20세기 초, 세실리아 페인Cecilia Payne이라는 한 영국 여성이 있었다. 어릴 때부터 총명하기로 유명했지만, 일찍이 아버지가 죽고 어머니 혼자 꾸려 나가던 살림살이에 '학교'라는 곳은 남자 형제들의 차지였다. 그는 혼자서 학비를 벌어 학교를 다녀야만 했다. 우수한 성적으로 학교를 졸업하고 케임브리지 대학교에 진학했으나 거기에도 역시 그가 차지할 자리는 없었다. 탁월한 성과를 인정받아 장학생이 되었지만, 학위는 받지 못했기 때문이다. 1948년까지 케임브리지대학교는 니싱에게 학위를 수여하지 않았다. 적어도 케임브리지 학위 수여식 단상 위에는 단 한 뼘도 여성이 올라설 자리가 없었다.

결국 더 많은 공부와 일자리 기회를 찾아 미국으로 건너간 그는 하버드 천문학대학원 계산수 팀에 들어갔다. 하지만 하버드 역시 페인을 반긴 것은 아니었다. 실제로 하버드가 여학생들의 입학을 정식으로 허용한 것은 1943년이었고, 그것도 여학생들을 원해서가 아니라 제2차 세계대전 참전 등으로 인해 남자들로 구성된 정원에 결원이 생기자 고육지책으로 학업열이 높은 여성들의 제한적인 입학을 허락해서였다.

당시는 컴퓨터가 대중화되기 이전의 시대였기에 하버드는 복잡한 수식을 빠르게 계산해 줄 사람이 대규모로 필요했다. 세실리아 페인은 하버드 천문학대학원의 계산수 팀에서 일하며, 래드클리프칼리지에서 천문학 박사과정을 밟았다. 래드클리프칼리지는 하버드가 남학교였을 당시 여학생들의 교육을 담당한 여자 문리과학대로 1999년에 하버드에 공식 흡수 통합된 곳이다.

그는 계산수로 일하며 동시에 엄청난 속도로 학문적 성취를 이뤄 나가기 시작했다. 그러나 그때마다 교수와 선배들이 페인의 길을 막고 나섰다. 여자에게는 너무 복잡한 연구라며 연구 범위를 좁히라는 압박을 받기도 했고, 여자 혼자 연구하기엔 벅찬 분야라며 공동 연구를 강요하기도 했다. 그런 교수나 선배들은 아마도 들리게 혹은 들리지 않게 이렇게 얘기했을 것이다.

"여기는 우리 자리야. 나가!"

하버드가 여학생의 입학을 공식 허용한 1943년 이후로는 조금 달라졌을까? 케임브리지가 여학생에게 학위를 수여하기 시작한 1948년 이후로는 조금 달라졌을까?

비슷한 시기, 우리나라에서는 제헌의회가 출범했고, 이후 현재까지 수천 명이 넘는 국회의원이 배출되었다. 최근에는 많이 달라졌다고는 하지만 우리나라의 여성 국회의원 비율은 아직 20%를 넘지 못하고 있다. 여성 유권자 비율은 이미 전체 유권자의 50%를 넘어선 지가 오래되었는데도 말이다.

그나마 2004년 17대 국회에 이르러서 10%의 벽을 겨우 넘은 것뿐, 1949년에 치른 안동 지역 보궐선거에서 임영신 씨의 당선으로 첫 여성 국회의원을 배출한 이래 2000년 16대 국회 전까지 여성 의원의 비율은 채 5%를 넘지 못했다. 심지

어 첫 20여 년간은 1%대에 머물렀다. 그때 국회의사당으로
들어오는 소수의 여성들을 보며 남성 의원들은 겉으로 내색
하지는 않았지만 속으로 이렇게 외쳤을 것이다.
"여기는 우리 자리야. 나가!"

대한민국 최초의 주식회사는 1896년도에 설립된 조선은행
이다. 순수하게 한국인의 힘으로 설립된 기업은 '박승직 상
점'으로 문을 연 이래 120여 년이 넘도록 그 명맥을 이어 오
고 있는 두산이다. 그보다 규모는 좀 작지만 동화약품은 이듬
해인 1897년 설립된 '동화약방'이 그 전신으로 같은 상호로
운영되고 있는 가장 오래된 기업이다. 어느 기업을 기준으로
하든지 간에 120년이 넘는 역사를 자랑하는 대한민국 기업
들이건만 그곳 역시 '딸들이 자전거를 타고 질주할 만한 공
간'은 크게 마련되어 있지 못하다.
2018년 초 주요 일간지에 '30대 그룹 임원 승진자 중 여성
비율 대폭 증가!'라는 타이틀의 기사가 게재되었다.
'대폭? 설마, 그럴 리가 없는데……'라고 생각하며 관련 지면
을 펼쳐 보니 참으로 익숙하면서도 소박한 숫자 하나가 씌어
있었다.
'3.3%'
국내 30대 그룹 중에서 2018년에 임원인사를 단행한 곳은

19개 그룹 240개 계열사로, 임원 승진자 1968명 중에서 여성은 단 65명이었다. 우유의 고소함을 좌우한다는 일반우유의 유지방 함유량보다도 0.1%가 적은 숫자였다. 그 밑에 달린 설명은 더 소박했다. 2014년 이전까지만 해도 매해 여성 임원 승진자 비율이 1%대 수준에 머물렀는데, 처음으로 '무려' 3%의 벽을 넘어섰다는 것이다. 무려 3%씩이나.

물론 직접 만난 적도 그런 이야기를 들은 적도 없지만, 그러한 인사 결정을 오래전부터 해 왔던 고위층분들의 마음속에는 이런 말이 울려 퍼지고 있지 않을까?

"여기는 우리 자리야. 나가!"

이제 시대가 바뀌었다. 세실리아 페인은 이후 수소가 태양을 비롯한 항성을 구성하는 주요 성분이며 우주에서 가장 풍부한 원소임을 밝혀낸 연구로 래드클리프칼리지에서 최초의 천문학 박사학위(실제 학위는 철학 박사)를 받았다. 1943년에는 미국 최고 권위의 학술단체인 미국예술과학아카데미의 정회원이 되었고, 1956년에는 하버드대학교 최초의 문리과 여성 정교수가 되었다.

'여기는 우리 자리야. 나가!'라고 외친 이들에게 '여기가 다 너희 땅이냐!'라고 외치며 당당히 자신의 영역을 구축한 것이다.

2016년 8월에는 우리나라 제1야당의 당 대표자로 여성 국회의원이 선출되었고, 이듬해 치른 대선을 통해 출범한 새 정부의 18개 부처 장관 중 다섯 자리에 여성이 임명되었다.

같은 해 열린 전국 동시 지방선거에서는 20대의 군소정당 여성 후보가 '페미니스트 서울시장'을 기치로 내걸고 출마해 8만여 표 이상을 득표하며 4위에 오르는 기염을 토했다. 국회의사당에서, 시도지사 공관에서, 유세차량 무대 위에서 '여기는 우리 자리야. 나가!'라고 외치는 이들에게 '여기가 다 너네 땅이냐!'라고 외치는 이들이 점점 더 많아지고 있다.

2018년 10월 모 학교기관이 개최한 스타트업 데모데이 행사장에서 진행 팀은 난감한 상황에 빠졌다. 후원단체 단체장이자 심사위원 자격으로 참석한 모 인사가 "출품작이 너무 여성 편향적이다. 발표자들 역시 너무 여자가 많다. 본선 출품작을 고르기 위한 사전 심사가 제대로 이뤄진 게 맞느냐?"고 물어 왔기 때문이다. "여자들은 창업할 때까지 사업화를 위해 밀고 나가는 힘이 떨어진다" "공모전 수상하고 취업을 위한 스펙에 한 줄 추가하는 정도에 만족한다" "그러면 우리가 후원했다는 실적이 안 나온다"는 말까지 덧붙였다. 그러면서 남자들 위주로 수상 팀을 선발하자고 은근슬쩍 압력을 넣었다. 발표를 준비하는 여성 출품자들에게 '여기는 우리 자리야. 나가!'를 외치는 꼴이었다.

그러나 진행 팀장은 압박을 꿋꿋이 거부하고 오로지 심사위원 개별 채점 결과를 엑셀로 돌려 수상자를 선정했다. 결과는 다섯 수상 팀 중 네 팀이 여성들로만 혹은 다수의 여성으로 이뤄진 팀이었다. 귀가하는 그 심사위원에게 진행 팀장은 공손히 머리 숙여 인사를 했지만, 그 인사에는 다음과 같은 인사말도 담겨 있었다.

'여기가 다 너네 땅이냐!'

이제는 남자와 여자로 갈라 벌이는 유치한 땅 따먹기, 의자 빼앗기 싸움을 그만 둬야 한다. 남자와 여자가 아닌 실력과 실력으로 공정하게 비교해서 더 나은 실력을 갖춘 이가 자리를 차지해야 한다. 물러난 이는 단순한 패배자로 낙인찍히는 것이 아니라 다시금 노력하여 실력만 갖추면 언제라도 재도전할 수 있는 도전자의 자리를 마련해 줘야 한다.

그런 생각을 하며 걸어 나오는데 딸아이가 분을 못 참겠다는 듯, 씩씩거리며 여섯 명의 남자아이가 있는 쪽을 향해 전력질주해서 달려갔다. 그러더니 처음 자전거를 맞춘 아이의 공을 빼앗아 운동장 반대편 공사장 하수로 쪽으로 '뻥' 차 버리며 고함을 빽 질렀다.

"야, 반포종합운동장이 다 너네 땅이냐!"

지도를 못 읽는 여자와
지도만 잘 읽는 남자

아빠를 비롯한 아빠 친구들은
지도를 참 잘 읽는단다.

문제는, 지도를 읽는 것의 10분의 1만큼도
사람의 마음은 못 읽는다는 거.

세상을 살면서 뭐가 더 유리할지는
네가 한번 잘 생각해 보렴.

1996년, 사촌 누나와 함께 유럽으로 배낭여행을 갔을 때의 일이다. 스위스의 인터라켄이라는 도시로 가기 위해 베네치아역에서 밀라노를 거쳐 스위스로 가는 기차를 기다리고 있었다. 기차역 플랫폼에서 앳돼 보이는 한국인 여학생이 갑자기 우리에게 다가와 "혹시 행선지가 스위스세요?"라고 물었다. 느닷없는 물음에 '얘는 뭐지?' 하는 생각이 들었지만, 뭔가 절실해 보이는 여학생의 표정에 "맞습니다"라고 말하며 고개를 끄덕였다.

그러자 환하게, 정말로 환하게 웃으며, "그럼 이탈리아에서 스위스 국경 넘어갈 때까지만 동행하면 안 될까요?"라고 물어 왔다.

후에 들어 보니, 그녀가 '동행하고 싶다'고 말한 데에는 그럴 만한 사정이 있었다. 1995년 5월, 대표적인 우파 정치인 자크 시라크가 프랑스 대통령에 당선되었다. 이듬해 집권 2년 차를 맞은 그에게는 지지 세력을 집결시키기 위해 적대시해야 할 공공의 적이 필요했다. 그 타깃이 된 것은 '영원한 유랑 민족'이자 소매치기나 노상강도 등 잡다한 범죄를 자주 일으켜 '유럽의 골칫거리'라는 소리를 듣던 집시족이었다.

자크 시라크 정부가 프랑스 내 집시족들을 대놓고 탄압하자 그들은 동쪽으로 이동했고, 내가 배낭여행을 하던 1996년 8월 무렵에는 북이탈리아와 스위스의 접경 지역이 그들의 주요 거점이 된 상황이었다.

그런 사정 때문에 젊은 배낭여행객들이 주로 머물던 유스호스텔 게시판이나 주인장이 보던 신문 등에서 접한 정보에 따르면, 이탈리아에서 스위스로 가는 야간열차에 수시로 집시족 소매치기나 강도들이 출몰하여 주로 아시아에서 온 배낭여행객들의 지갑과 소지품을 노린다고 했다. 거기에 그치지 않고, 점점 담이 세진 집시족들이 단순 절도를 넘어선 성희

론, 집단 폭행까지 일삼고 있다는 흉악한 소문이 도는 상황이
었다.

바로 이날 플랫폼에서 우리와 그 여학생이 기다리고 있던 열
차가 바로 그 소문의 진원지였다. 여학생 입장에서는 위험에
처했을 때 도움받을 수 있는 남자 동행이 필요했지만, 그렇다
고 생면부지의 남자와 단둘이 기차를 타기에는 조금 껄끄러
울 터였다. 누가 봐도 남매로 보이는 우리가 그녀에게는 최적
의 선택지였던 셈이다.

그렇게 일행이 된 우리 셋은 플랫폼 간이의자에 앉아 간식과
음료도 나눠 먹고, 그간 여행하면서 거쳐 온 나라들에 대한
정보도 주고받으며 금세 친해졌다. 그런데 아까부터 조금 이
상한 것이 있었다. 누군가 우리를 계속 쳐다보고 있는 느낌이
들었다.

'내 착각인가?'

아니었다. 늦은 시간이었지만 플랫폼 안에는 야간열차를
기다리는 전 세계의 배낭여행객들이 바글거렸다. 서로 모르
는 사이였지만 우연히 눈이라도 마주치면 반갑게 인사를 나
눴다. 여행객 특유의 오픈 마인드로……. 하지만, 그들 중 유
독 뚫어지게 우리를 쳐다보는 눈이 있었다. 한국인으로 보
이는 젊은 남자였다. 팔꿈치로 사촌 누나를 툭 쳐서 신호를

줬다. 상대의 정체가 뭔지, 무슨 이유로 우리 쪽을 수십 분간 쳐다보고, 아니 노려보고 있는 것인지, 내가 어떻게 대처해야 하는 건지 머리가 복잡해졌다.

"남자친구예요." 고민에 빠져 있던 나를 현실로 빼낸 것은 조금 전부터 일행이 된 여학생의 목소리였다. "같이 유럽 배낭여행을 온 남자친구예요. 아, 정확히는 '전' 남자친구."
여학생의 말에 따르면 두 사람은 대학 선후배로 만나 1년 반 조금 안 되게 사귄 사이였고, 방학을 맞아 배낭여행을 하기 위해 2주 전 김포국제공항을 떠나온 터였다. 그리고 약 한 시간 15분 전 두 사람은 서로의 관계 앞에 '전前'자를 붙이게 되었다고 했다.
왜 여학생이 '함께 국경을 넘자'고 말을 붙여 온 한 시간쯤 전부터 뒤통수가 뜨끔했는지 이해가 되기 시작했다. 그 와중에도 '전 남자친구'의 시선은 우리에게 꽂혀 있었다.
긴장감을 풀기 위해 자리에서 일어나 엉덩이춤이라도 춰 줄까 하다가 문득 '같은 남성'으로서의 동업자 정신을 발휘해 사촌 누나와 여학생으로부터 한걸음 뒤로 물러나 있었다.
서 있는 동안에도 왜 유럽 배낭여행을 함께 올 정도로 각별한 사이였던 두 사람이 헤어지게 되었는지가 미치도록 궁금했다.

"그 망할 놈의 지도 때문이죠. 뭐."

한국을 떠나 프랑스와 독일을 거쳐 이탈리아 로마에 도착할 무렵만 해도 두 사람 사이는 더할 나위 없이 좋았다고 한다. 문제는 이탈리아의 도시들을 여행하면서부터 발생했다. 길이 좁고 복잡한 오래된 도시들을 여행하며 여러 차례 길을 잃는 경우가 발생했고, 그럴 때마다 여학생은 남자친구에게 "지나가는 사람들에게 좀 물어봐"라고 채근했다.

그러나 남자친구는 길을 묻는 대신 얼마나 정확한지조차 확신할 수 없는 관광지도를 이리저리 돌려 보며 길을 찾기 위해 시간을 허비했고, 두 사람의 말다툼은 그 빈도를 더해 갔다.

결국 좁은 길, 막다른 골목길에 수로까지 더해져 복잡하기로 악명이 높은 베네치아에서 사달이 났다. 두 사람은 또다시 길을 잃었고, 여학생은 말다툼을 더 하느니 자신이 직접 길을 묻는 게 낫겠다 싶어 지나가던 이탈리아 사람에게 말을 걸었다. 그러자 남자친구가 불쾌한 표정으로 여학생의 팔을 잡아끌었다.

"리알토 다리 부근에서 남자친구랑 한 시간을 싸웠어요. 나는 '길을 아는 사람에게 물어보면 간단히 해결될 일을 왜 시간을 *끄느냐*'며, 남자친구는 '여기까지 와서 왜 나를 무시하느냐'고 소리를 지르면서요."

여학생은 남자친구가 손에 들고 있던 '그 소중한' 지도를 빼앗아 갈기갈기 찢은 다음, 길바닥에 집어 던져 버리고서는 서로의 관계 앞에 '전'자를 붙이고 과감하게 헤어졌다.

그런데 재미있는 것은 이 정도로 극적인 스토리는 아니었지만, 고작 두 달도 채 안 되는 유럽 배낭여행 도중에, '지도를 손에 쥐고 죽어도 길을 묻지 않는 남자'와 '두 번 고민하지 않고 현지인에게 길을 묻는 여자' 간의 다툼을 숱하게 보았다는 점이다.

심지어 배낭여행을 마치고 귀국한 공항에서도 카트 반납 장소를 두고 어떻게 해서든 자신의 힘으로 찾으려는 중년 남편과 그런 아저씨를 답답해하며 지나가던 보안 요원에게 물으려던 비슷한 연배의 아내 사이의 다툼은 지도와 길 찾기에 얽힌 남녀 간의 다툼 목격기의 대미를 장식했다.

이쯤 되면, 한 가지 의문이 생긴다. 남녀 두 사람 중 왜 하필 남자가 지도를 붙잡아서 이 사달이 벌어지게 된 것일까? 여자가 지도를 들고서 길을 찾고, 남자가 그 뒤를 따르면 안 되는 것일까?

이와 비슷한 물음을 지난 20년 넘게 기회가 될 때마다 사람들에게 던져 왔다. 그러나 이 물음에 제대로 답을 해 주는 이는 한 명도 없었다.

"원래 그래"가 가장 쉽고 흔하게 들을 수 있는 답이었다. 조금 더 나아가 몇몇 다른 대답을 해 주는 이들도 있었지만, 그 역시 대부분 존재인의 생각이나 받아들음 쉽는 녹실에 기반한 것들이었다.

그로부터 몇 년 뒤, 당시 수집하던 1960~1970년대 잡지를 구하기 위해 들른 단골 헌책방에서 꽤 신빙성 있는 연구 결과가 담긴 책들을 손에 넣게 되었다. 한 일본인 뇌과학자가 쓴 책이었는데 남녀 500명가량의 뇌 사진과 각종 호르몬 수치 등을 비교해 보니 남성이 여성에 비해 공간지각능력에 영향을 미치는 뇌 부위가 발달해 있고, 관련된 호르몬 수치도 높다는 내용이었다.

원시시대부터 짐승을 사냥하던 남성은 사냥감의 동선과 나와의 거리, 자신이 던진 창이나 화살이 미칠 사정거리와 사냥감의 달리기 속도, 짐승이 습격할 경우 도주해야 할 거리와 방향 등을 끊임없이 생각하다 보니 해당 기능의 뇌 부위가 발달했고, 그것이 이후 아들들(남성들)에게 이어져 내려왔다. 반면, 여성의 경우 그러한 능력이 그다지 필요 없기에 시대를 거쳐 오며 퇴보했다는 것이다.

처음에는 나름 일리 있는 얘기라고 생각했다. 그러나 우리 인류가 그 기나긴 시간 동안 일관되게 남자와 여자가 분리해서 이어받은 특질, 생물학적 특성이 없는데 왜 유독 공간지각능력만이 남자에게 두드러지게 발달할 수 있었는지를 설명하기엔 지나치게 부실하고 논리적 비약이 컸다. 그리고 이후 다른 수많은 논문과 책 등을 통해 앞선 주장이 전형적인 '통설을 진실이라 단정하고, 그를 뒷받침할 만한 증거들을 긁어모아 만들어진 것'임을 알게 되었다.

남성이 여성에 비해 공간지각능력이 앞서 있고, 그에 따라 길을 잘 찾는다거나 지도를 잘 읽고, 혹은 운전을 잘하며, 그 모든 것을 자랑스러워하고, 그에 대해 의심받거나 공격받는 것을 극히 싫어한다는 것을 입증할 학문적 증거를 찾기 위한 노력은 그 뒤로도 계속되었다. 하지만, 딱히 이렇다 할 것들을 찾을 수가 없었다. 그런데 어느 순간 그러한 노력들이 의미가 없음을 깨달았다.

여성은 남성에 비해 공감능력이 앞서 있고, 그에 따라 길을 잃어도 당황하지 않으며, 안정감을 유지한 채 길을 알 만한 사람을 찾아가 대화를 나누고, 그로부터 필요한 정보 혹은 지원을 얻어 내는 데 매우 능하다. 또한 지형지물이나 간판, 쇼윈도에 진열된 상품 같은 것들에 의미를 부여하고 그를 기억하는 능력이 남성보다 훨씬 우수해서 여간해서는 한 번 갔던 길을 이후에 다시 갔을 때 헤매지 않는 특성을 보유하고 있다. 그럼에도 불구하고 그것을 여성의 대단히 차별화된 특성 혹은 남성보다 압도적으로 우월한 능력이라고 인정하는 사람은 많지 않다.

실제로 남성의 공간지각능력이 여성의 그것보다 얼마나 앞서 있는지는 잘 모르겠으나 한 가지는 확실하다. 수많은 남성이 그 능력을 실제 길을 찾고 운전을 하는 순간이 아니라 여성보다 자신이 우월한 무언가를 갖고 있음을 입증하고 싶을 때 그 수단으로 주로 활용했다는 것.

제2차 세계대전 당시 많은 남성이 전장으로 끌려가는 바람에 병력이 부족해지자 영국군은 비전투 부대인 레이더 부대에 여성들을 배치하고 기존의 군사들을 전투가 벌어지고 있는 전장으로 돌려보냈다.

여성들이 레이더 부대에서 맡게 된 일은 레이더 오퍼레이터라는 임무로 레이더를 분석해 방어 부대 혹은 요격 부대를 출동시킬 것인지를 판단하는 일이었다.

레이더의 성능이 뒤떨어지는데다 정보를 분석할 수 있는 컴퓨터가 본격적으로 등장하기 이전이기에 사람들이 일일이 레이더에서 쏟아지는 단편적인 정보를 취합하여 그것을 토대로 전방의 지휘관들이 활용할 수 있는 가시적인 정보로 만들어

내야 했다. 그 역할을 한 것이 바로 레이더 오퍼레이터다.

거의 100% 여성으로 이뤄진 영국 공군 레이더 오퍼레이터의 활약은 대단했다. 영국군을 교란시키기 위해서 독일군이 보낸 미끼 부대에 기존의 레이더 부대는 번번이 기만당했지만 여성들은 인내심을 갖고 여러 방면의 레이더 기지에서 올라오는 다양한 정보를 취합하여 15분 뒤에 출격할 독일군 본대의 동향을 파악한 다음, 그 길목에 영국 요격 부대를 출격시켰다.

또한 항공사진을 세심하게 분석해 독일군이 유도 전파를 발신하고 그를 따라 저공비행을 해 야간에 런던 공습을 할 것이라는 계획을 간파해 낸 것도, 방해 전파를 쏘고 역으로 적의 유도 전파 발신지를 파악해 선제 폭격을 하도록 한 것도 한 이름 없는 여성 레이더 오퍼레이터의 활약 덕분이었다.

그런데 전쟁이 끝난 뒤 명성을 얻은 것은 해당 레이더 부대를 통솔했던 남성 지휘관이었다. 레이더 부대가 분석해낸 정확한 정보를 받아 적 공습을 이끌었던 전폭기 부대의 남성 지휘관. 정작 활약을 했던 여성 레이더 오퍼레이터에게는 전쟁 상황판에 핀을 꽂거나 배치된 부대 표기용 목제 조각들을 이리저리 배치하는 역할 정도만 하지 않았느냐며, 마치 정해진 룰에 따라 카드나 칩을 나눠 주는 카지노의 딜러 수준의 기여만 했다는 의미로 '카지노 걸'이라는 이름을 붙이는 등 그 업적을 깎아내렸다.

그들이 앞세웠던 것은 역시 남성들의 '우수한 공간지각능력' 이었다. 훈장을 주는 사람(남성)이니 춘칭을 받는 사람(역시 남성)이나 여성 레이더 오퍼레이터들이 단편적인 정보 분석에 급급할 때 남성 지휘관들은 탁월한 공간지각능력을 바탕으로 전술을 세우고 상대 진영을 급습해 성공적인 공격을 할 수 있었다며 자화자찬하기에 바빴다.

그러나 여성 레이더 오퍼레이터들의 주된 임무이자, 그들이 가장 잘했던 것은 2차원 평면에 점 하나로 보이는 레이더 정보를 바탕으로 주변의 지형지물과 비교해 3차원적 정보로 만들어 내는 것이었다. 즉, 정교한 공간지각능력이 없으면 절대 해낼 수 없는 업무였다.

그 덕분에 전방의 공군 비행사(거의 90% 이상이 남성)들은 그녀들의 지시에 따라 고도를 높이거나 낮췄고, 포대의 지휘관(거의 전원이 남성)들은 곡사포의 궤적을 조정할 수 있었다. 실제 전쟁의 승패를 갈랐던 '카지노 걸'들은 그 이름을 제대로 역사책에 올리지도 못한 채 남성 지휘관들의 번쩍이는 훈장과 손에 든 축배를 물끄러미 바라볼 수밖에 없었다.

운수업이나 유통업 등 특수한 직업을 가진 이들을 제외하고 우리가 인생을 살면서 차를 모는 시간이 많을까 아니면 사람을 대하는 시간이 많을까? 역시 비슷한 이유로 우리가 인생을 살면서 길을 찾는 시간이 많을까 사람에게서 답을 찾는 시간이 많을까?

그렇다면 우리에게 정말로 필요한 것은 공간감각 혹은 공간지각능력일까 공감능력 혹은 타인의 생각과 감정을 읽어 내는 능력일까?

실제로 우리에게 정말 필요한 공감능력은 전혀 갖지 못한 채 (혹은, 가지려 하지 않은 채) 알량한 공간감각, 공간지각능력을 앞세워 여성보다 나은 자신을 찾아내고 그를 만끽하는 수많은 아저씨를 나는 잘 알고 있다. 정작 사람에게서 답은 찾지 못하면서 길을 찾는 일에 마치 인생을 건 듯 몰입해서는 승부를 보려는 남자들을 나는 잘 알고 있다. 고백하건대 나부터 그랬으니까.

머나먼 유럽 땅까지 가서 길 하나 찾으려다 정작 사람 하나를 잃었던 이부터 시작해서 운전대를 붙잡은 아내, 애인에게 핀잔을 퍼붓는 이들까지 지금 이 순간에도 수많은 남성이 그러고 있다.

"아빠! 뭐해!"
문득 정신을 차려 보니 팔짱을 낀 채 나를 내려다보고 있는

육교가 보였다. 무슨 행사를 한다고 기존의 출입구를 막아 놓은 바람에 반포종합운동장의 다른 출입구를 찾는다고 이리저리 헤매다가 잠시 앉아서 쉰다는 것이 엉뚱한 데까지 생각이 흘리긴 모양이다.

"그래, 다른 입구를 찾아야지. 그런데 도대체 어디로 들어가라는 거지?"

나는 그동안 수도 없이 지나쳤을 운동장 종합안내도를 물끄러미 바라보며 다른 입구를 찾기 시작했다. 도대체 어디로 들어가야 할지 알 수가 없었다. 문은 여러 개지만 다른 데를 또 막아 놨을지 어떻게 안단 말인가.

그때였다. 딸이 자신의 손으로 붙잡고 있던 자전거를 내팽개치더니 방금 운동을 마치고 밖으로 나오는 가족을 향해 뛰어가 물었다.

"아줌마, 죄송한데요. 여기 들어갈 수 있는 출입구가 어디에 있어요?"

우리는, 그 즉시.

길을, 찾았다.

딸, 앞으로 사람들은 너에게,
끊임없이 어느 자리에 앉을지를 물을 거야.
혹은 네가 어떤 자리에 앉을 만한 사람인지
입증하라고 몰아세울 수도 있어.

그럴 때 그들에게 말해 주자.
'어디 앉든 나는 달라지지 않아요'라고.
다시 한 번 이야기 해 주자.
'어디 앉던 난 그 자리보다 더 소중한 사람이에요'라고.

그사이 며칠이 지났다. 다시 자전거를 끌고 반포종합운동장
으로 나섰다. 딸의 자전거 실력은 조금도 나아지지 않았으며,
나의 교수법 역시 심각한 정체기를 맞고 있었다. 자전거 타기
를 강요하기보다는 차라리 다른 운동이라도 재미를 붙이게
하자는 생각에 공과 줄넘기 등을 챙겨 무작정 운동장으로 나
온 길이었다.

일단 운동장에 도착하니, 나오기를 잘했다는 생각이 들 정도

로 꽤 많은 사람이 여러 운동을 즐기고 있었다. 그들 중에는 딸과 같은 학교 또는 같은 학원 친구들도 제법 있는 듯했다. 아이는 자전거를 거의 던져 놓다시피 하고는 아는 친구들 무리가 있는 곳을 향해 질주했다. 외마디 지시를 너에게 남겨 둔 채…….

"아빠! 자전거 잘 지키고 있어!"

딸의 '자전거를 잘 지키며' 아이들의 노는 모습들을 유심히 살펴보았다. 우리 클 때와는 달리 요즘 아이들은 남녀 구분 없이 비교적 잘 어울려 노는 듯했다. 물론, 고학년으로 올라갈수록 남자아이들과 여자아이들의 노는 영역, 방식, 분야가 확연하게 달라지는 것은 우리 때와 마찬가지였지만, 적어도 초등학교 3학년 이전의 아이들은 남녀 할 것 없이 잘 섞여 지냈다.

자꾸 꼰대처럼 '우리 때, 나 어릴 때'를 들먹이는 게 좀 미안하지만, 아무튼 '우리 때'는 초등학교에 입학하기도 전부터 형들이 끌고 다니며 '고추 달린 놈들의 노는 방식'을 전수해 주었다. 그 방식 중 가장 대표적인 것은 '고추 안 달린 애들끼리 노는 것을 훼방 놓는 것'이었다.

조선시대에는 그네를 타는 소녀들의 발치 아래에서 치마폭 속을 들여다보며 낄낄대는 방식으로, 그보다 조금 커서는 애

써 만들어 놓은 소꿉놀이들을 발로 흐트러뜨리거나 고무줄 놀이를 할 때 줄을 끊고 달아나는 방식으로.

사실 아이들의 노는 모습은 비슷했지만, 그 놀이를 하기 위해 무리를 짓는 방식은 여자아이들과 남자아이들이 눈에 띄게 달랐다. 딸을 낳기 전부터 이미 10여 년간 반포종합운동장을 드나들면서 관찰한 바에 따르면 남자아이들은 놀기 위해 모이기 시작하면 무리를 지은 뒤, 그 무리 안에서 리더를 규정 짓고 나머지는 서열을 매기는 습성이 있었다.

여러 학년이 뒤섞여 있는 경우에는 학년과 나이를 통해 서열을 정하고, 동년배인 경우 눈에 띄는 신체적 특성(키나 몸무게) 또는 암묵적으로 인정하는 싸움 실력 등으로 자연스럽게 서열을 정했다.

개중에는 자신이 '부당한 서열'을 부여받았다고 느끼거나 자신의 서열에 비해 합당한 대우를 받지 못하고 있다는 것을 알게 되면, 그것을 참지 못하고 항의하거나 갈등이 심할 경우 화를 내며 집으로 돌아가 버리는 모습을 보였다.

반면, 여자아이들은 놀기 위해 모이기 시작하면 자연스럽게 손을 잡았다. 그 상태에서 이야기를 나누거나 무언가 결정하기 위해 가위바위보를 할 때나 조금 더 큰 집단에 합류하기 위해 움직일 때조차도 잡은 손을 놓지 않았다.

그런 가운데 리더를 결정하는 것은 그다지 큰 의미가 없었다. 대화를 주도하는 이가 자연스럽게 리더가 되었고, 놀이 도중에도 대화의 주도권은 쉴 새 없이 변화하였기에 리더 역시 수시로 변했다. 서열 역시 큰 의미가 없었다. 단번에 서열이 정해지지도 않을뿐더러, 정해졌다 하더라도 대화에 끼지 못하거나 대화의 주도권을 차지하지 못하면 순식간에 서열에 지각 변동이 일어나 버렸다.

정리하면, 여자아이들은 집단 내에서 자신의 서열이 어떻게 되는지 크게 관심이 없었다. 대신 그 아이들에게는 '누가 센터인가?' 즉, 집단의 중심에 누가 있고, 누가 대화에 가장 많이 참여하는지가 중요했다.

그런데 당연한 이야기지만 이런 모습에 대해 관심을 가진 건 나뿐만이 아니다. 일본을 대표하는 사범대학 중 한 곳인 도쿄가쿠게이대학에서도 비슷한 실험을 한 적이 있다. 부속 유치원 2곳과 소학교 4곳에 재학 중인 어린이들을 대상으로 어떠한 과제를 주었을 때 집단을 이루는 모습과 그 집단 내에서 자신의 존재를 인식하는 모습에서 여자아이와 남자아이 사이에 어떠한 차이점이 있는지에 대한 관찰 연구였다. 연구 결과 전 학년, 전 연령대 공통으로 남녀 어린이 간에 큰 차이점 하나가 관찰되었다.

남자 어린이들은 반포종합운동장의 아이들과 마찬가지로 집단을 이루자마자 빠르게 서열 정리와 리더 선정을 시도했고, 여자 어린이들은 친밀감 확보를 최우선으로 해서 서로 교감하는 부분에 집중했다.

이 실험은 그러한 관찰 결과로부터 남자아이들은 비교 대상을 정해 두고 집단 내 서열을 정하는 것에 관심을 보이고, 여자아이들은 대상과의 친밀도를 바탕으로 공감대를 형성하는 것에 관심을 보인다는 추론을 끌어내고 있다.

물론 이 결과만을 가지고 남자아이와 여자아이의 행동과 심리의 차이를 설명하는 것은 어불성설에 가깝다. 또한 아이들이 그 무렵 가장 자주 접할 수밖에 없는 엄마와 아빠의 행동을 단순히 흉내 낸 것으로도 볼 수 있다.

하지만, 이를 사회생활 하면서 발견되는 남자 성인과 여자 성인의 행동과 심리의 차이를 이해하는 하나의 '도구'로 활용해 볼 수는 있을 것 같다.

남자들이 모임에 갔을 때 가장 신경 쓰는 부분은 '좌석'이다. 참가자의 '서열'에 따라 그에 합당한 자리에 앉히는 것이 그들의 가장 중요한 고민이 된다. 통상적으로 한 직장 내에서 혹은 동일한 모임(동문, 동호회 등)에 속한 이들만 참가한 행사라면 큰 문제가 되지 않는다. 직급, 학번 순으로 앉게 하면 되

고, 같은 직급일 경우 입사일 기준 혹은 나이 기준으로 배치
하면 된다.

문제는 여러 집단이 함께 참여한 회의, 명확하게 서열이 매겨
지지 않는 색색들이 동시에 참여한 회의 등에서 피닉을 앉힐
때다. 누가 누구보다 서열이 위고, 누가 누구보다 의전상 높
게 대우해야 하는지를 두고 한바탕 퍼즐 맞추기가 벌어진다.
해당 기관에서는 높은 서열이지만 같이하는 다른 기관의 실
무자보다 서열이 낮은 경우가 있고, 학번은 낮지만 해당 모임
에서 회장 등의 감투를 쓰고 있는 경우도 있다.

실제로 모두 남성으로 이루어진 기업 최고경영자 여덟 명이
모인 자리에 참석했다가 앉는 자리 문제로 다툼이 벌어지는
바람에 저녁식사도 못 하고 모임이 파행을 겪은 사례를 실제
목격하기도 했다(덕분에 그날 강의도 안 하고 강사료를 받는 행운을
얻기도 했지만⋯⋯). 듣기로는 이러한 사례가 남성 모임에서는
비일비재하다고 한다.

여성들의 모임에서는 그러한 경향이 현저하게 떨어진다. 물
론 사회생활을 하면서 만들어지는 각종 모임에서는 직급이
나 서열 등에 따라 자리 배치가 이뤄지지만, 순수하게 여성들
로만 구성된 모임에서는 그런 것들을 따지고 신경 쓰는 정도
가 눈에 띄게 줄어든다.

그보다는 당일 모임에서 누가 대화를 주도하고 누가 더 친밀한 분위기를 형성했는지가 중요하다. 즉, 남성들의 모임에서는 자리 배치라는 하드웨어적인 측면에서의 서열화만 제대로 이뤄지면 가장 높은 서열의 (자리에 앉은) 주인공은 그날 하루 종일 침묵하다가 마지막 순간에 "자, 한잔씩 들지"라며 건배사 한 번만 외치게 해 줘도 별다른 문제가 안 생긴다.

그러나 여성들의 모임에서는 대화의 주도권이라는 소프트웨어적인 측면에서의 서열화가 제일 중요하기에 끊임없는 상호작용 속에서 가장 높은 서열의 주인공이 대화를 리드하도록 해 줘야 하고, 실질적으로도 그들이 리드하게 된다.

그러다 보니 이러한 자리매김에 민감하지 않은 여성들이 자리 배치 등에 있어 조금만 소홀하면 '여자라서 의전에 둔하다'라거나 '군대를 다녀오지 않아서 사회생활의 생리를 잘 모른다'는 등의 이야기를 들어야 했다.

반대로 그런 것들을 칼같이 챙기고 예민하게 굴면 이번에는 '여자라서 그런지 내부 정치에 민감하다'라거나 '여자답지 않게 의전과 서열에 지나치게 신경 쓴다'는 비난 아닌 비난을 들어야만 했다. 도대체 뭘 어쩌라는 것인지.

2012년 7월, 북한의 최고지도자 김정은 국무위원장이 평양시 능라도에 위치한 능라인민유원지 준공식에 부인 이설주를 대동하고 등장했다. 젊은 지도자가 중공업시설이나 군사 훈련장이 아닌 일반 시민의 문화시설 개장식에 등장한 것도 이색적이었지만, 북한에서 지도자가 공식행사에 자신의 부인을 대동하고 나선 것도 매우 이례적인 일이었기에 바깥쪽 크게 화제가 되었다.

그러나 정작 이날 행사에서 가장 큰 화제를 불러 모은 것은 김 위원장의 뒤편 구석에 핑크색 반팔 블라우스를 입고 서 있는 한 여성이었다. 최고 지도자의 안전을 위해 자리 배치, 동선 하나하나가 다 통제되는 행사장에서 공식 수행단과 조금은 동떨어져 이리저리 왔다 갔다 하는 그녀의 정체를 밝혀 내기 위해 기관과 언론 등에서는 난리가 났다.

그의 정체는 얼마 안 가 밝혀졌다. 김 위원장의 유일한 여동생인 '김여정'이었다. 그러자 이번에는 그의 행동에 대한 설익은 분석 기사들이 쏟아지기 시작했다.

엄격한 서열과 의전이 존재하는 북한 땅에서 김 위원장을 무시하는 듯한 행동을 한 김여정에 대해 초기에는 '김정일과 김정은이 나이 어린 딸, 여동생을 엄청나게 귀여워했다'때문에 어려서부터 자유분방한 성격이었고, 오빠와 함께 해외에서 오래 생활해서 더 거침없는 성격이다'는 등 그래도 이성적인 분석 기사들이 보도되었다.

그러나 일부 보수 언론들을 중심으로, '의전과 서열을 무시한 김여정의 막무가내식 행동'이 부각되면서 이내 '철이 없다' '오빠만 믿고 안하무인'이라는 등의 비판적 기사가 나오기 시작하더니, 그해 연말이 되자 근거와 출처도 불분명한 '북한 내부로부터의 소식'이라는 이름표를 달고 '김여정은 뻰또(북한말로 정신이상자)다' '김여정이는 팔삭둥이(북한에서 저능아를 달리 부르는 말)다'라는 기사가 쏟아졌다.

이 모든 것이 김여정이 의전과 서열을 무시했다는 판단 때문이었다.

그로부터 6년 뒤인 2018년 4월. 판문점에서 남북 정상이 만나는 역사적인 회담이 진행되었다. 이미 두 차례 전직 대통령이 평양을 방문해 김정일 국방위원장과 회담을 한 적이 있지만, 판문점에서 그것도 우리 지역(평화의 집)에서 열린 것은 처음이었기에 준비해야 할 일들이 많았다.

그런데 행사장 한편에서 익숙한 얼굴이 눈에 띄었다. 의전과 서열을 무시해 뻰또, 팔삭둥이라 불렸던 바로 그 김여정이었다. 그는 두툼한 서류철을 든 채 분주히 오가며 행사의 진행과 김정은 위원장의 동선을 꼼꼼하게 챙겼다.

텔레비전 화면으로 보이는 공간에서 김여정은 정확히 한 발자국 뒤편에 위치해 있다가, 김 위원장이 화동에게 꽃다발을 받고 포즈를 취한 뒤 이동해야 할 때가 되면, 어느새 뒤로 접근해 그를 건네받기도 했고, 방명록을 작성할 때 역시 어딘가에서 대기하다가 위원장에게 펜을 챙겨 준 뒤 눈 깜짝할 사이에 다시 화면 밖으로 사라졌다.

이후 몇 달 뒤 평양에서 진행된 정상회담 관련 행사 역시 그가 의전을 담당했다. 시내 퍼레이드 차량의 탑승 위치와 이동 순서, 수행한 장관들이 공식 행사장에서 서야 하는 위치를 정해 주고, 회담장까지의 동선과 들어서는 순서 역시 그가 정해 주었다.

'삔또' '팔삭둥이'는 어느새 '의전의 여왕'이 되어 있었다.

저만치 율교가 노는 모습이 보였다. 손을 흔드니 딸 역시 손을 흔들어 주었다. 근데 묘하게 센터도 아니고 맨 앞도 아닌 애매한 위치에서 아이들과 놀고 있었다.

'에잇, 아니겠지. 평생 의전과 서열, 자리매김과 순서에 예민한 삶을 살아온 내 노파심이야.'

아무리 그렇게 생각하려고 해도 자리가 애매했다. 안 그래야지 하면서도 걸음은 어느새 딸과 함께 노는 아이들 무리 쪽으로 향해 가고 있었다.

"아빠 왜 와?"

"응, 그냥……. 근데, 넌 왜 여기에 서 있어?"

그러자 아이는 시큰둥하게 답했다.

"내가 술래야. 아빠 저리 가, 지금부터 애들 잡아야 해!"

그러고는 힘차게 달려 나갔다.

명심해.

세상의 위험으로부터

나를 지키는 것은 결국 나 자신뿐이야.

특히, 가장 위험한 건

'내가 지켜줄게'

라고 덤비는 녀석들이지

녀석들을 믿느니,

차라리 헬멧을 써.

매뉴얼-4

아무거나 주워 먹는 놈들을
대하는 법

길에 만두가 떨어져 있으면
그냥 '어? 만두네' 하고 지나치면 된다.
그걸 주워 먹는 순간, 우리는 거지가 된다.

옆 테이블에 누군가 지갑을 놓고 갔으면
'어? 지갑을 놓고 갔네' 하고 지나치면 된다.
그걸 집어 드는 순간 우리는 도둑이 된다.

곁에 누군가가 있을 때
'어? 사람이 있었네' 하고 지나치면 된다.
'여자네?' 그리고 극히 드물긴 하지만 '남자네?'라며
그에게 손을 대는 순간 우리는 악당이 된다.

어스름한 저녁 무렵. 딸과 자전거 타기 연습을 마치고 돌아오
는 길이었다. 여느 때와 달리 조금 열심히 자전거를 타서일
까? 딸아이가 배가 고프다고 징징거렸다.

마침 내 배 속도 뭔가 끼니를 달라고 보채고 있던 터여서 집

에서 기다리던 와이프를 불러내 집 앞 음식점으로 향했다.

누구에게는 고기와 밥을 먹는 집, 또 다른 누구에게는 고기에 술을 마시는 집. 우리 테이블에서는 세 사람이 고기에 밥을 먹었고, 옆 테이블에서는 세 사람이 고기와 술을 마셨다. 같은 피트니스 센터를 다니는 친구들인 듯했다.

역시 고기와 술의 조합은 한 옥타브 높은 음성을 제공한다. 분명 우리 가족 세 사람이 앉아서 고기를 굽는데, 대화는 여섯 명이 하고 있는 느낌이었다. 유독 목청이 크고 '어느 자리에서건 대화를 주도해야 직성이 풀리는 스타일'로 보이는 사내 하나가 대화를 이끌었다. 아니, 웅변을 했다.

"야, 요즘 센터 꼴을 한번 봐라. 여자애들이 운동을 하러 온 건지, 패션쇼를 하러 온 건지."

"아니, 패션쇼면 그래도 낫지. 이건 무슨 란제리쇼야."

"훌렁훌렁 벗어 제치고 '나 한번 봐 주쇼' 그러고 있는 꼴이라니까."

"화장은 도대체 왜 그렇게 진하게 하고 다니는 거야? 어차피 운동하고 샤워하면 지워질 건데."

"아무튼 걔들이 물을 다 버리고 있어."

실제로는 글로 다 쓰지 못할 만큼의 비속어와 성적 묘사를 듬뿍 담은 대화였다.

아이를 키우고 있는 엄마 아빠라면 알 것이다. 요즘 여덟 살
은 성인 수준의 언어력을 가졌다는 것을. 딸아이가 듣고 있기
에 몇 번이나 눈치를 주고 헛기침으로 신호를 보냈지만 그들
은 아랑곳하지 않았다. 오히려 다른 사람들이 자기들 대화를
주목한다는 생각에 신이 났는지 더 큰 소리로 떠들어댔다.

"그러면서 조금만 쳐다보면 성희롱이니, 지나가다 몸에 조금
만 닿으면 성추행이니 난리 치지."

"지들이 봐 주세요, 만져 주세요. 야단을 떨 때는 언제고."

그때였다. 묵묵히 고기를 구워 딸에게 먹이던 와이프가 수저
를 내려놓더니 옆 테이블로 향해 갔다. 뚜벅. 뚜벅. 말릴 새도
없었다.

옆 테이블의 '용감한' 세 남자는 '이 여자 뭐지?'라는 표정으
로 갑작스레 옆자리에서 넘어온 아이 엄마를 쳐다보았다.

와이프는 양손을 테이블에 짚고 조용히, 그러나 고기 구워지
는 소리보다는 확실하게 큰 목소리로 말했다.

"부자들이 자기가 얼마나 부자인지 과시하고 돈 자랑하면 무
시하거나 부러워하면 되는 거거든요. 근데 그 돈에 손을 대면
절도가 되고, 힘으로 그 돈을 빼앗으면 강도가 돼요.

그 여자분들은 말이죠. 누군가에게 관심받고 싶어서, 아님 누
군가와 사귀고, 스킨십을 하고 싶어서 화장하거나 예쁘게 옷

을 입거나 훌렁 벗고 운동을 하는 걸 수도 있어요.

하지만, 그 '누군가'가 이런 데 앉아서 입으로 여자를 벗겼다 입혔다 하면서 정작 앞에 가서는 말도 못 하고 흘끔흘끔 몰래 쳐다보기나 하는 아저씨들은 아닐걸요? 특. 히. 어린아이를 데리고 온 가족도 많은 이런 장소에서 모두한테 들리도록 큰 소리로 떠드는 아. 저. 씨. 들. 은 더더욱요.

근데 말이죠. 굳이 그 몸에 손을 대는 것을 성추행이라고 하고, 말하고 훑어보는 것을 성희롱이라고 한답니다."

써 놓고 나니 길지만, 실제로는 속사포처럼 내뱉어서 30초 정도밖에 걸리지 않았던 위의 이야기를 하는 동안 거짓말 조금 보태서 나는 식은땀 한 바가지를 흘렸다.

'아, 이거 어쩌지? 싸우자고 들면……. 1대 3인데? 우선 경찰부터 부르고 봐야 하나? 일단 식당 주인이 말려 주겠지?'

이후에 닥칠 수 있는 온갖 불길한 경우의 수가 떠올랐다. 나는 유튜브에서 보았던 이종격투기의 타격 기술들을 억지로라도 되짚어 보면서 자리에서 엉거주춤 일어났다.

영화 〈바람과 함께 사라지다〉에서는 이런 대사가 나온다.

"전쟁은 남자들의 일이지, 내가 알 바 아니야."

미국 남북전쟁 시기를 배경으로 펼쳐지는 이 영화에서 여주인공인 스칼렛 오하라가 냉소적으로 내뱉는 말이다. 그러나

안타깝게도 그녀는 틀렸다. 역사 속 전쟁이 시작된 이래 전쟁
은 전적으로 여자의 일이었고, 여자의 문제였으며, 여자의 인
생을 좌우해 왔다.

물론 여성이 전쟁을 일으키고, 주도적으로 선생에 뛰어들
었다는 의미는 아니다. 여성이 전쟁에 직접적으로 참여한 것
은 제1차 세계대전부터다. 당시 영국군에는 10만 명이 넘는
여군이 복무했는데, 대부분 간호병과였으므로 총을 들고 전
투에 나선 것은 아니었다. 제2차 세계대전에는 무려 750여만
명의 여성이 징집되었고, 대다수가 군수공장에서 무기를 만
들거나 병원선을 타고 부상병을 실어 나르는 역할을 했다.

전 세계에서 가장 선진화된 군대이자 전체 군인 중 약 15%
라는 높은 비율의 여군이 있는 미군조차 1994년도에 제정
된 '미국 국방장관 규약'에 의거해 지상에서의 전투를 주요
임무로 하는 여단급 이하의 부대에는 여군을 배속시키지 않
는다.

실제 전쟁이 여성의 일이 되는 것은, 엉뚱하게도 '피해자' 역
할을 함에 있어서다. '전쟁은 여자의 눈물이 강이 되어 흘러
가야 끝이 난다'라는 말이 있다. 전쟁에서 죽어 간 여자의 눈
물, 남편이나 자식을 전쟁에서 잃은 여자의 눈물, 그리고 살
아남기는 했으나 승리한 적군의 노획물이 되어서 치욕을 당

하며 흘리는 눈물이 내를 이루고 강을 이뤄 전장으로 흘러가야 하나의 전쟁이 비로소 끝이 난다는 말이다.

1914년 여름 독일제국에 점령당한 벨기에 땅에서, 1940년 늦봄 나치의 발아래 들어온 프랑스 땅에서, 1990년 가을 사담 후세인의 이라크에 침공당한 쿠웨이트 땅에서, 같은 해 세르비아계 무장 세력에게 공격받은 보스니아인의 땅에서, 혹은 외부의 침략을 받지는 않았지만 같은 땅 안에서 둘 또는 셋으로 나뉘어 끊임없이 전투를 계속했던 르완다, 콩고, 소말리아 그리고 예멘 등의 땅에서 여성은 전쟁의 당사자가 되어 원치 않는 승리자의 전리품 역할을 해야만 했다.

승자들은 여성을 의지를 가진 하나의 주체로 여기지 않고, 전쟁 승리의 결과물로 자신들 마음대로 처분할 수 있는 객체로 여겼다. 자신들이 (더 잘 싸우는) 능력이 있어서 승리를 거뒀으니 그에 대한 보상 혹은 보답으로 별다른 죄의식 없이 마치 돈이나 보물을 빼앗아 가듯 간단히 집으로 가져갈 수 있고, 현지에서 유린할 수 있는 물건으로 여겼다.

프랑스인 기자 마테이 비스니에크Matei Vişniec가 20세기 말 유럽에서 벌어진 전쟁이자 최악의 인권 범죄 현장이었던 보스니아 내전을 취재한 뒤 만든 〈전쟁터로서의 여성〉이라는 연극이 있다. 전쟁 중 집단 강간의 피해를 입은 보스니아 여성

도라와 그녀처럼 전쟁 중 강간당한 피해 여성들을 돕기 위해 보스니아를 찾아온 아일랜드계 미국인 심리학자 케이트가 극의 주인공이다. 극의 첫 장면에서 케이트는 이렇게 말한다. "전쟁 중에 여성의 성은 전쟁터가 된다. 예전에는 기사의 단검이 적군의 가슴팍을 찔렀다면, 이 시대에는 병사들의 성기가 여성의 성기 속을 찌른다."

차마 글로 옮기기 힘든 이야기지만, 전장에서는 이와 같은 일들이 실제로 벌어졌다. 당시 세르비아 군은 약 2만 명가량의 무슬림 여성을 집단으로 성폭행하고 강제로 임신시켰다. 그들은 공공연하게 "이는 단순한 성적 행위가 아니며, '적국 남성의 재산(여성)'에 대한 파손이며, 무슬림 말살을 위한 '인종청소' 활동이다"라고 자신들의 행위를 정당화시켰다.

〈전쟁터로서의 여성〉의 또 다른 주인공 도라의 대사는 전장에서의 이 같은 참상을 보다 생생하게 증언하고 있다.

"병사들에게 적의 여자를 강간하는 것은 승리의 기분을 만끽하는 것과 같다. 병사들은 쾌락을 위해서 강간하는 것이 아니다. 강간은 적을 뿌리부터 죽여 사기를 꺾어 버리려는 일종의 군사 전략이다!"

때로 여성은 전시의 전리품 역할뿐 아니라, 평시의 상납품 역할도 해야 했다. 역사서를 보면 아랫사람이 윗사람에게 여성을 상납하거나, 윗사람이 아랫사람에게 하사한 사례를 심심치 않게 발견할 수 있다.

《삼국지》 중, 촉서의 관우전을 보면 '(아직 조조와 관우 사이가 그나마 좋았을 때, 여포와의 전투에서 공을 세운 뒤) 관우가 조조에게 여포의 부하 중 한 명인 진의록을 살려 주고 그 대신 (절세 미녀로 알려진) 진의록의 아내를 자신에게 달라고 조르자 조조가 이를 허락했다'는 구절이 나온다. 멀쩡히 남편이 있는 여염집 아내를 달라고 요구하고, 달라고 한다고 또 덥석 주는 어이없고 잔혹한 일들이 멀쩡히 일어난 것이다.

심지어 일본 고대사 기록을 살펴보면 고토쿠 천황이 아끼는 대신인 나카토미노 가마타리中臣鎌足에게 자신의 임신한 부인을 하사하여 애를 낳고 함께 살도록 하는 장면이 나온다. 그렇게 태어난 후손들이 현재 일본 최고의 명문가 중 하나인 후지와라노 가문을 이루게 된다.

물론 인류의 보편적인 이성과 도덕률, 상식과 정의가 상실되는 전쟁 상황에서 일어난 일들을 일반화하기는 어렵다. 또 아직까지 제대로 된 인권의식이 자리 잡기 이전인 역사 속 고대사회의 일들이 현재에도 이어져 내려오고 있다고 생각하는 것은 난센스에 가깝다.

그러나 여성을 하나의 독립된 인격체로 남성과 동일한 권리를 가진 동등한 대상으로 보지 않고 남성의 힘(그게 권력이나 금력이건, 단순한 근육의 힘이건 간에)으로 툭툭 치고 건드려 보고, 이리저리 주고받고, 마음대로 들었다 놨다 할 수 있는 객체라고 보는 이들의 피 안에는 씨민이 고스니지 진정에서 고복 비지춤을 내린 세르비아 군이나 아내를 주고받은 여포, 고토쿠 천황의 DNA가 면면히 흐른다고 생각하지 않을 수 없다.

와이프가 다시 테이블로 돌아왔다. 이제 우리의 전쟁이 시작된 것이다. 나는 다시 정신을 차렸다. 어떻게 할 것인가?
이제 분명 '여자에게 자존심을 밟혔다고 생각한' 세르비아 군사 중 한 놈 혹은 세 놈 모두가 우리 테이블로 덤벼들 텐데……. 결론부터 이야기하자면 그런 일은 벌어지지 않았다. 그동안 무례한 그들의 시끌벅적함과 그 안에 담긴 천박함이 불편했지만 혹여 피해를 입을까 봐 침묵하고 있던 다른 두 테이블에서 '다른 시선'들이 쏟아지기 시작한 것이다.
특히 여직원들과 함께 온 서너 명의 남자 직원들의 영웅심과 우리와 마찬가지로 딸을 데리고 식사하러 온 중년 여성의 용감무쌍한 오지랖이 큰 힘을 발휘했다.
물론, 가게에서 소란스러운 일이 벌어지지 않기를 바라는, 얼핏 봐도 과거가 범상치 않은 식당 사장님의 인상이 가장 큰 역할을 하긴 했지만…….

남자에게 기대지 마시오

딸.

흔히들 사람 인 자는

두 사람이 서로 기대고 있는 모습을 본떠서

만든 글자라고들 하지.

그런데, 딸.

앞으로의 세상에서 너의 사람 인 자는

때로는 두 다리를 양옆으로 쭉 뻗어 탄탄하게 버틴 채

홀로 우뚝 서 있는 모습을 본떠서

만든 글자여야 하기도 해.

딸.

그렇게 혼자, 스스로 서는 거야.

다시 시작된 자전거 타기 연습. 자전거를 싣고 안전장구가 든
가방을 짊어지고 딸과 함께 내려가려는데 엘리베이터 문에
붙은 스티커 두 장이 눈에 들어왔다.

이제까지 보아 왔던 엘리베이터 경고문 스티커와 조금 다른

점이 있었는데, 누군가 '예리한' 펜으로 스티커에 글씨를 써 놨다는 것이다.

'유정이(가명)에게' 손대지 마세요.

'남자에게' 기대면 추락 위험.

아마도 어떤 '남자'에게 자신이 좋아하는 '유정이'를 빼앗길 위험에 처한 어떤 남자가 썼을 거라는 아무 근거 없는 추측을 해 보았다. '유정이에게 손대지 마세요'는 그 '남자'에게 보내는 간절한 부탁일 것이요, '남자에게 기대면 추락 위험'은 혹시라도 이 엘리베이터에 탈지도 모르는 유정이에게 보내는 절절한 경고 메시지일 테니까.

아직 내려가야 할 층이 몇 층 더 남기도 했고, 궁금하기도 해서 피식 웃으며 딸에게 물었다.

"율교야, 넌 저 스티커 어떻게 생각해?"

그러자 아이는 시큰둥하게 답했다.

"손대지 말라고 손 안 대고, 기대지 말라고 안 기대나?"

물론, '유정 씨'를 두고 한 이야기는 아니었다. 건드리지 말라는 엘리베이터 이곳저곳에 손을 대고, 기대지 말라는 엘리베이터 문에 기대서 장난을 치는 어린아이 수준에서의 대답이었다.

그러나 '유정 씨'를 대입해 봐도 답은 마찬가지일 것이다.

'손대지 말라고 손 안 대고, 기대지 말라고 안 기댈까?'

행적은 다소 우스꽝스럽지만, 흔히 여성을 지켜 주는 남자의 대명사처럼 여겨지는 돈키호테를 포함해 품위를 지키고, 약자 특히 여성을 지켜 주는 멋진 남성들을 우리는 (가끔은 백마를 타기도 하는) '기사'라 불러 왔고, 그들이 지키는 법도를 '기사도'라 일컬어 왔다.

기사는 말을 탄 무장 기병騎兵을 뜻하는 단어였다. 그러나 매 끼니를 걱정해야 하는 극빈층이 전 인구의 80%를 넘나들던 고대 서유럽에서 말을 키우고 안장 등의 마구와 철기 갑옷 등을 마련하기란 일반인에게는 어림없는 얘기였다. 기사는 대부분 영주 또는 귀족, 혹은 그에 준하는 경제력을 갖춘 사람들이었다.

중세 봉건시대에 접어들면서 기존의 영주 수준을 벗어난 강력한 군주들이 등장하면서 기사에 대한 수요가 급증했다. 부유한 군주들은 굳이 귀족이 아니더라도 말을 타고 무기를 다룰 줄 아는 이들을 기사로 임명하고 자신을 위해 일하도록 했다.

그런 분위기에 불을 지핀 것은 1096년에 시작되어 수백 년간 이어진 십자군 원정이다. 수차례 원정을 통해 전통적인 의미의 무수한 기사가 목숨을 잃었으나 전장에서는 계속해서 더 많은 기사를 필요로 했다. 결국 기사는 더 이상 부와 명예를 갖춘 특권 계급이 아니라, 중무장한 직업군인 그 이상도 이하도 아니게 되었다.

문제는 십자군 원정이 끝나고 떠났던 기사들이 돌아오면서 발생했다. 힘과 무기를 갖추고, 전장에 쏟아붓던 혈기와 용맹함을 그대로 지닌 채 평온한 일상으로 돌아온 기사들은 틈만 나면 저들끼리 치고받았다. 그들끼리 싸우는 건 그나마 참고 두고 볼만 했지만, 도가 지나쳐 상인들을 괴롭히고, 여염집 여인들을 희롱하며 약탈과 방화까지 일삼자 곳곳에서 원성이 자자했다.

결국 그들을 통제하고 자제시키기 위해 당시 사회적 어젠다의 주요 공급원이었던 교황과 주교들이 나서게 되었다. 그들은 십자군 원정을 출발할 때 맺었던 기사들의 다짐, 초기 십자군 원정대가 나눴던 종교적 신념과 도덕적 결의 등을 집대성하여 저마다 '기사들이 지켜야 할 도리' 이른바 '기사도'라는 것을 만들었다.

우리가 그간 어림짐작했던 것과 달리, 기사도는 그 형태가 제각각이었고, 내용 역시 중구난방이었다. 어떤 나라에서 통용되던 기사도는 의례준칙처럼 복장, 말투부터 행동거지까지 기사가 따라야 할 예법을 주된 내용으로 하고 있는가 하면, 다른 나라의 주교가 제정한 기사도는 윤리규범처럼 기사들이 내면으로 믿고 따라야 할 것들을 밝혀 놓은 것이기도 했다.

그러나 형태와 내용을 제각기 다르게 하고 있지만, 수많은 기사도가 공통적으로 담고 있는 내용이 있다. 그것은 바로 '약자에 대한 배려' 특히, '여성에 대한 예의와 배려'다.

현존하는 무훈시 중 최고最古 걸작으로 꼽히는 《롤랑의 노래》에서는 '여성의 명예를 존중하라To respect the honour of women'고 강조하고 있고, 레이몽 륄Raymond Lulle이 1265년에 집필한 《기사도 개설서Le Livre de l'ordre de chevalerie》 역시 여성을 '우아하고 예의 바르며 겸손하면서도 인색하지 않게 대해야 함'을 가르친다.

이 때문에 현재까지도 기사, 혹은 기사도 하면 여성들이 위험에 처했을 때 '짠' 하고 나타나 악당 무리를 물리치고 구해 주는 이미지가 만들어진 것이고, 남자라고 하면 멋진 기사가 되어 기사도를 발휘해야 한다는 것이 암묵적인 사명감처럼 작동해 왔다.

그런데 여기에 한 가지 커다란 오해가 있다. 기사라고 하면 여성에 대한 예의를 갖추고, 그들이 위험에 처하면 목숨을 바쳐서 구해 줘야 한다는 것이 일반적인 기사도의 내용이 맞기는 하지만, 여기에서 '여성'은 우리가 생각하는 그 '여성Woman'이 아니다. 기사가 기사도를 발휘해야 하는 여성은 귀족 또는 그에 준하는 고귀한 신분의 '여성Lady'만을 의미했다. 기사도는 이른바 '궁정성Courtoisie'이라고 일컫는 특성을 지니는데 간단하게 이야기하자면, 기사는 왕이나 귀족이 사는 궁정의 일원이 되는 것이므로, 궁성의 예법을 따라야 한다는 것이다. 그중 대표적인 예법이 '궁정의 여자들Lady'에게 예의 바르게 대하라는 것이었다. 즉, '여성'을 존중하기보다는 그 '여성의 신분'을 존중하여 그에 걸맞은 대접을 하라는 것이 중세시대 기사도에서 강조한 여성에 대한 예의였다.

이제까지 우리가 숭상해 마지않았던 기사도라는 것은 그들이 선택한 '지킬 만한 가치가 있는 고귀한 여성'만을 대상으로 한 것이었다. 그런데 이런 '선별적인 기사도'의 태도는 비단 중세시대만의 이야기가 아니다. '지킬 만한 가치가 있는 여성'이라……. 어디선가 많이 들었던 말이지 않은가.

1955년, 우리나라의 박인수라는 20대 중반의 청년이 자신의 신분을 전역한 해군 대위라고 속이고 여성과 교제를 시작했다. 무려 70여 명의 여성이 그와 사귀거나 결혼을 약속했고, 개중에는 그에게 속아 제법 큰돈을 빼앗긴 이도 있었다. 재판은 여느 혼인빙자 간음 또는 사기 사건에 대한 재판과 비슷하게 진행되는 듯했다.

문제는 1심 법정에서 피고 박인수가 던진 말 한마디로 시작되었다. 자신이 일방적으로 피해자들을 속인 것이 아니라 피해자들 역시 연모하는 마음에 자발적으로 응한 것이라 주장하면서 그는 재판장과 검사, 피해자와 방청객 들을 앞에 두고 피해 여성들의 사생활이 문란했다는 것을 부각시키려는 의도로 추정되는 이런 되지도 않는 말을 지껄였다.

"70여 명의 여성들 중에서 (성 경험이 없는 것으로 판단되는) 처녀는 미장원 종업원인 여자 하나뿐이었습니다."

그런데 그 '되지도 않는 말'을 사람들이 덥석 물었다. 박인수의 거짓말, 박인수의 사기행각으로 피해를 입은 여성들의 상처에 대한 이야기는 쏙 들어가고 오로지 '70명 중 단 한 명만 처녀'라는 자극적인 문구가 모든 신문의 헤드라인을 도배했다. 논설위원들이나 저명한 교수들조차도 혼인빙자 간음이나 사기행각의 문제점에 대해 이야기하기보다는 '서양 문물의 무분별한 도입에 따른 퇴폐 향락 문화의 범람' '그로 인한 여성들의 문란한 사생활 행태' 등을 개탄하기에 바빴다.

70여 명의 여성은 졸지에 사건의 피해자에서 사생활이 문란한 탕녀로 전락해 버리고 말았고, 부모를 포함한 가족들 역시 그들을 보호하기보다는 "너 때문에 부끄러워서 얼굴을 들고 다닐 수 없다" "너는 도대체 누구를 닮아서 몸을 그렇게 막 굴리고 다니느냐"는 등의 폭언을 던졌다.

누구도 그들의 편을 들어주는 사람이 없었다. 심지어 박인수를 영웅시하는 일부 젊은 남성 무리까지 생겨날 정도였다. 그런 분위기에 결정타를 날린 것은 1심 재판정의 판결문에 적힌 문장 하나였다.

'법원은 보호할 가치가 있는 정조만을 보호한다.'

결국, 박인수는 1심에서 무죄 판결을 받았다.

어떠한 대상에 대해 지킬 건지, 지키지 않을 건지를 '자신들이 판단하겠다'는 오만함. 십자군 전쟁 이래 계속되어 온 그 오만함이 수백 년을 이어 내려오며 굳건히 살아남아 21세기 대한민국 서울특별시 서초구의 어느 아파트 엘리베이터 문짝 스티커에 그 흔적을 남기고 있다.

자신의 몸을 지키는 것은 여성 스스로다. 그를 지킬지 말지는 다른 누구도 정할 수 없다. 남자들이 정할 수 있는 것은 어떠한 여성을 (골라) 지킬지 말지를 선택하는 것이 아니라, 여성이 스스로를 어떻게 지킬지 고민할 필요가 없는 사회를 만드는 것이다.

자신이 목숨 걸고 지키지 않으면 안 될 세상을 만들어 놓고, "다른 놈들 믿으면 안 돼. 내가 너를 지켜 줄게!"라고 외치는 것은 멋진 기사도가 아니라 동네 장터에서 정체 모를 만병통치약을 파는 돌팔이, 길거리 양아치나 하는 짓이다.

오만 생각에 빠져 있는데, 아이가 볼펜을 꺼내 스티커에 뭐라 적고 있는 모습이 눈에 띄었다. '너나'와 '나 같은'이라는 다섯 글자였다.

1층에 도착해 엘리베이터 문이 열리는 찰나, 율교가 완성시킨 스티커의 글귀가 보였다.

'너나 유정이에게 손대지 마시오.'

'나 같은 남자에게 기대지 마시오.'

가장 예쁘고 튼튼한 헬멧을 찾아서

딸, 넘어질 것 같을수록 페달을 밟아.

더 빨리, 더 힘차게 달려 나가는 거야.

그래도 넘어질 것 같으면 자전거를 포기해.

자전거를 던져 버려!

자전거가 너를 걸고넘어지기 전에.

그건 절대 너를 포기하는 게 아냐.

몇 해 전, 미국 출장 일정 중 하루 비는 날이 있어서 근교에 있는 멕시코 국경 지역을 관광하기로 했다. 현지 기사와 차량을 섭외해서 출발하고 얼마 뒤, 휘발유를 넣기 위해 주유소에 잠시 정차했을 때의 일이다. 선불 뒤편으로 그고 작은 핑크색 십자가 열 몇 개가 줄지어 서 있는 것이 보였다.

누군가의 무덤인 듯한데, '핑크색' 십자가라니 조금 뜬금없었다. 어떤 이의 무덤이고, 왜 하필 핑크색 십자가를 꽂아 두었는지 궁금했지만, 일행 중 아무도 아는 이가 없었다. 현지에서 제법 오래 산 주재원조차도.

그때 마침 화장실에 갔던 현지인 기사 로드리게스가 손수건으로 손의 물기를 닦으며 걸어 나오다가 우리를 보고는 고개를 가로저으며 낮은 목소리로 말했다.

"여자들이 죽었어. 그것도 아주 많이."

가까이 다가가서 보니, 핑크색 십자가의 밑단에는 그 무덤 주인으로 보이는 이들의 이름이 적혀 있었다. 앙헬리카Angélica, 파트리샤Patricia, 파울리나Paulina······.

로드리게스의 설명에 따르면, 미국과의 국경지대에 위치한 멕시코 마을들 상당수가 우범 지역인데, 그중에서도 우리가 구경 가게 될 지역은 위험하기로 가장 악명 높은 (때문에 역설적으로 미국 쪽 도시에서 전망대에 올라 구경하는 관광상품이 인기를 끄는) 지역이라고 했다. 그곳에서 1993년부터 2005년까지 무려 300명이 넘는 여성들이 살해되었고, 발견된 사체가 그 정도일 뿐 실종된 여성들까지 합치면 희생자 수는 1000명을 가뿐히 넘길 것이라고 했다.

그녀들의 넋을 기리기 위해 무덤을 만들고 그 위에 묘비 대신 핑크색 십자가를 꽂기 시작했는데, 곳에 따라서는 수십 개 이상의 핑크색 십자가가 있는 곳도 있단다.

우리가 보고 있는 핑크색 십자가는 아마도 미국으로 이민 오거나 불법으로 이주한 멕시코 이민자가 고향에서 살해 혹은 실종된 가족과 친지를 기리기 위해 만들어 놓은 것으로 보인다 했다. 그런데 불행하게도 핑크색 십자가가 필요한 곳은 이 세상에 멕시코 국경 마을만이 아니다.

중동과 북아프리카의 일부 국가에서는 집에서 정해 준 혼처로 시집을 가지 않고 자유로운 연애를 즐기거나 정식으로 결혼하기 전에 임신을 했다거나 혹은 강간과 같은 원치 않은 성관계를 하였을 경우, '집안의 명예를 더럽혔다'는 이유로 아버지나 삼촌 혹은 남자 형제들이 자신의 딸, 조카 혹은 여동생 등을 살해하는 경우가 빈번하다.

문제는 이러한 범죄 행위에 대해 '명예살인'이라는 거창한 이름을 붙여 준다는 것이다. 살인이라는 범죄에 더 나은 것이냐 더 나쁜 것이냐를 따지는 게 불필요하다고 생각될 수도 있겠지만, 최소한 이 경우는 '명예'라는 그럴듯한 수식어를 붙이기는커녕 인간이 저지를 수 있는 최악의 범죄 행위이자 패륜 행위라고 비난해 마땅한 극악무도한 짓이다.

가장 빈번하게 이러한 범죄 행위가 발생하는 국가로 파키스탄이 있는데, 파키스탄 인권위원회가 발표한 연례보고서에 따르면 2013년에 '명예살인'이란 허울을 내건 '불명예, 패륜 살인'으로 살해된 파키스탄 여성이 869명, 2014년에는 무려 1000명이 넘었다고 한다. 가장 마지막 순간까지 아껴 주고 보호해 줘야 할 가족이 먼저 나서서 목숨을 빼앗는 일이 매일 3건 가까이 일어나고 있다는 얘기다.

그런데 위험하기는 우리나라도 마찬가지다. 물론, '명예살인' 따위의 말도 안 되는 이름을 단 행위가 횡행하는 그런 것은 아니지만, 그에 못지않은 어리석은 일들로 인해 여성들이 위험에 빠지는 일이 벌어지고 있다.

불필요한 정보 혹은 원치 않는 정보를 찾아서 지워 주는 '디지털 장의사' 사업을 하는 선배를 한 명 알고 있다. 원래는 기업체 웹페이지 구축 사업을 해 왔는데, 수익률이 떨어져 사무실 임대료나 보태자는 생각에 영역을 넓히게 된 것이었다.

사업은 크게 두 가지 분야로 나뉘었다. 첫 번째는 망자가 생전 인터넷에 남겼던 기록을 삭제해 달라고 의뢰받는 경우, 혹은 기존의 이미지를 벗고 새로운 이미지로 사업, 취업, 결혼 등을 하려는 사람이 그전까지 인터넷에 남긴 기록들을 지워 달라는 경우다. 본인의 SNS를 폐쇄하고, 타인의 SNS에 남긴 글이나 사진들을 찾아서 지우는 작업으로, 귀찮고 복잡하기는 하지만 크게 어려운 작업은 아니었다.

문제는 두 번째 사업 분야였다. 첫 번째에 비해 월등히 큰 돈벌이가 되는 분야였는데, 본인이 등장한 사진이나 영상을 지워 달라는 의뢰를 받고 그를 대행해 주는 사업이었다. 과거 연인과 찍었던 여행 사진부터 시작해 다소 은밀한 사생활을 담은 영상까지 지워 달라는 것은 다양했다. 특히 결별 과정에서 앙심을 품은 상대방이 여기저기에 퍼뜨린 일명 '리벤지 포르노'가 가장 까다로운 작업이었다. 일단 어디로 얼마나 퍼져 나갔는지 알 수가 없고, 해당 사이트를 찾았다 하더라도 지우는 순간 또 다른 누군가가 다운받거나 퍼 나를지 예측할 수 없기에 고도로 복잡한 작업 과정을 거쳐야 했다.

"이게 말이지. 작업을 마쳐도 수수료 받는 게 쉽지가 않아."

얼마 전 딸과 자전거 타기 연습을 하기로 한 날 선배에게 연락이 왔다. 내 사무실 앞이라고 했다. 볼일이 있어 근처에 온

김에 저녁이나 함께하자는 연락이었다. 딸에게 전화를 걸어 양해를 구한 뒤 (사실은 문구점 쇼핑 쿠폰 한 장을 발행한 뒤) 선배가 기다리는 식당에 도착하자마자, 벌써 홀로 소주 서너 잔을 미운 그의 입에서 나온 이야기였다.

"왜, 수수료를 받기가 쉽지 않으냐면……."

보통은 몇 단계에 걸쳐서 삭제 작업을 진행한 뒤, 디지털 장의를 부탁한 의뢰인에게 안내를 해 주고 이후 삭제 전략을 논의하게 되는데, 제대로 연락되지 않는 경우가 상당수 발생한다는 것이다. 일만 시키고 돈은 떼어먹는 단순한 '먹튀' 이야기가 아니었다.

"전화를 하거나 문자를 넣으면 의뢰인의 가족이 대신 답해 오는 경우가 의외로 많거든. 그때 '우리 OO가 스스로 목숨을 끊었다'는 대답이 오면……."

순간 가슴이 먹먹해졌다. 입안이 씁쓸하고 쩍쩍 달라붙어서 뭐라 말을 이을 수가 없었다. 뒤늦게 간 터라 안수 하나 집어 먹지 못하고 소주를 거푸 석 잔 받아 털어 넣어서 그런 것만은 아니었다.

"그런데, 사람 더 미치게 하는 게 뭐냐면……."

"연락을 받은 그 가족의 요청으로 이번에는 다시 죽은 의뢰인이 남긴 흔적을 지우는 작업을 하는 경우가 있어."

즉 두 번째 분야, 리벤지 포르노 자료의 디지털 장의를 요청한 여성이 괴로움에 스스로 목숨을 끊으면, 유가족들의 요청에 의해 자살한 여성이 남긴 글과 사진을 지우는 작업까지 맡게 된다는 것이다.

"그때 간혹가다가 의뢰인이 스스로 목숨을 끊기 전에 남긴 유서나 지인들에게 남긴 메시지들을 발견하게 되는데, 거기에 가장 많이 씌어 있는 말이 뭔 줄 아니?

'미안해'야. 낳아 준 부모에게 미안하고, 함께 자라 온 형제자매에게 미안하고, 현재의 남편이나 남자친구에게 미안하고, 본인 스스로에게까지 미안하다는……. 정작 모두로부터 미안하다는 소리를 들어야 할 사람이 모두에게 미안하다는 말을 남긴 채 스스로 세상과 이별하는 이 기막힌 상황을 어떻게 이해해야 할지 모르겠단 말이지."

그 뒤로도 한참 동안 컴퓨터를 켤 때마다, 아침에 휴대폰 화면을 확인할 때마다 혹은 모르는 이들이 수군대는 걸 볼 때마다 홀로 가슴이 내려앉았을 '그녀'를 위한 조의를 담아 한 잔, 이 어처구니없이 위험한 세상에 대한 분노를 담아 한 잔, 그런 세상에 살고 있는 사내들, 특히 우리 둘은 어떻게 살아가야 할까에 대한 고민을 담아 한 잔 기울이다 보니 늦은 시간까지 꽤 많은 술을 먹고 말았다.

다음 날. 원래 자전거를 타기로 한 날도 아니고 숙취 때문에 온전한 몸과 정신 상태는 아니었지만, 어제 약속을 어겼기에 딸과 함께 자전거를 끌고 반포종합운동장으로 나섰다.

자전거를 세워 둔 뒤 아이에게 안전장구를 착용하라고 했는데 그것들을 차는 율교의 폼이 영 이상했다. 헬멧은 턱 끈을 풀고 앞으로 한껏 내려서 얼굴이 3분의 2가량 가려지도록 쓰고, 팔꿈치 보호대와 무릎 보호대도 원래의 위치에서 반 뼘 정도 아래로 내려 찬데다 팔꿈치 보호대는 손목까지 내려서 끼운 게 아닌가.

고쳐 입으라고 하려다 문득 궁금해져 그렇게 착용한 이유를 물었다. 그러자 오히려 딸이 내게 물어 왔다.

"아빠, 자전거 헬멧은 왜 머리에 쓰는데?"

"그야……."

"아빠가 그랬잖아. 두개골은 인체에서 가장 단단한 뼈 중에 하나라고. 그런 뼈로 보호받고 있는데 굳이 헬멧을 머리에 쓸 필요가 없잖아."

아이는 본인이 연예인을 하려면 얼굴이 매우 중요하기 때문에 얼굴을 지키기 위해서 헬멧을 내려서 쓴 거라고 했다.

"그러면 팔꿈치 보호대랑 무릎 보호대는?"

"나한테 제일 중요한 곳은 손이랑 발이니까 거기를 보호해야지. 어제 아빠가 준 쇼핑 쿠폰으로 더 좋은 장갑을 사야겠어.

네일아트랑 미니어처 방과 후 수업을 받아야 하니까 나한테는 손이 제일 중요해."

딸은 그렇게 어정쩡하게 안전장구를 착용한 채 신이 나서 자전거를 끌고 나섰다.

그래 딸, 네가 그렇다면 그런 거야!

헬멧과 팔꿈치, 무릎 보호대는 가장 약한 곳을 보호하고 가리기 위한 용도로 쓰기도 하지만, 가장 중요한 부위를 보호하고 가리는 게 주된 목적이다. 그런데 가장 중요한 부위를 보호하려면 그에 앞서 자기 자신에게 가장 중요한 것이 무엇인지를 스스로 깨닫는 과정이 선행되어야 한다. 그리고 그걸 지키면 되는 거다.

순결, 정조, 주위의 평판, 입소문 등 중요하지도 않은 것 때문에 정작 가장 중요한 생명, 존재감, 자기 존중 등을 해치고 마는 그런 바보 같은 짓은 이제까지 해 온 것만으로도 충분하다. 이제부터 우리는 자신에게 정말로 중요한 것들을 지키기 위해 싸워야 한다.

인생은 실전이야.

근데,

누구도 호루라기를 불어 주지 않아

시작을 할 때도,

끝이 날 때도.

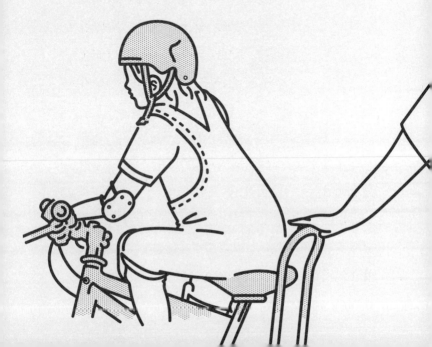

매뉴얼-5

세상의 모든
거절 장애자 딸들을 위해

딸, 거절은 무례한 일이 아니야.
거절은 비인간적인 일도 아니지.
더더군다나 거절은 너를 아프게 만들거나
곤란하게 만드는 게 아니다.

거절은 상대가 불필요한 기대감으로
인생을 낭비하지 않도록 도와주는, 예의 바른 일이야.
거절은 상대를 아이가 아닌
성숙한 인간으로 인정한다는 뜻이지.
더더군다나 거절은 중요한 순간에
너를 지켜 주는 훌륭한 방패가 되어 줄 거야.

본격 주행 연습을 나가기로 한 날. 자전거를 끌고 운동장으로 향해 가는데 사내아이 둘과 마주쳤다. 한 명은 초등학교 5, 6학년쯤 되어 보였고, 다른 한 명은 딸과 동갑쯤 되어 보였다. 생김새가 비슷한 걸 보니 형제인 듯했다.

아닌 게 아니라 형제 중 동생 쪽이 딸과 알은척을 했다. 나중에 듣고 보니 같은 반 친구란다. 그런데 '알은척'이라고 하기에는 조금 짓궂게 장난을 걸어왔다. 어디서 주워 왔는지 모르겠지만 제법 길고 굵은 나뭇가지로 자꾸 딸의 엉덩이와 허벅지를 툭툭 쳤다.

몇 걸음 뒤에서 딸의 자전거를 끌고 가던 나는 '저걸 하지 못하게 말려야 하나'라고 잠시 망설이다가 일단 지켜보기로 했다. 그럴 수 있었던 데는 내가 믿는 구석이 있었기 때문이다.

아마도 조금 뒤 율교는 저 남자아이에게 '하지 마'라고 말할 게 분명했다. 혹은 하지 말라고 얘기함과 동시에 응징을 가할 가능성도 있었다. 왜냐하면 커 가는 아이에게 가장 먼저 가르친 것 중 하나가 '누군가 너를 나쁘게 대하거나, 네가 원하지 않는 일을 시키려 할 때' 똑똑한 목소리로 (두루뭉술하지 않게) "하지 마"라고 말해야 한다고 당부했기 때문이다. 이후로 딸은 아빠의 말을 잘 따라 주었다. 그러니 저 앞에 가는 남자아이에게도 그럴 것이다.

아이가 태어나자마자 그렇게 하기를 반복적으로 강조해 왔던 이유는 다름 아닌 딸이 태어난 직후 봤던 영화 한 편 때문이었다.

연애 시절부터 일주일에 꼭 영화 두세 편을 같이 볼 정도로 영화광인 나와 와이프였지만, 아이가 태어난 뒤로는 통 함께 극장에 가지 못했다. 그러나 영화 관람 자체를 포기할 수는 없었던지라 같이 못 가더라도 각자 영화를 즐기자며, 서로 번갈아 가며 극장에 갔다. 와이프가 아이를 재우고 있으면 내가 극장에 뛰어가서 영화를 보고 오고, 다시 내가 아이를 안고 젖병을 물리고 있으면 와이프가 달려가서 영화를 보고 오는 식이었다.

물론 둘이 앉아 영화를 보고 그 느낌을 나누는 재미는 사라졌지만, 그간 서로 의견이 맞지 않아 보지 못했던 개인적 취향의 영화를 마음껏 골라 볼 수 있다는 장점도 있었다. 그러한 장점을 십분 살려 이 무렵 관람한 영화가 〈김복남 살인 사건의 전말〉이었다.

와이프 취향에는 전혀 맞지 않는 영화기에 하마터면 관람을 하지 못하거나 하더라도 IPTV 등을 통해서 보게 될 영화였다. 운 좋게도 대부분의 극장에서 상영을 거의 종료할 무렵 심야 시간대 작은 극장에서나마 스크린으로 볼 수 있었다.

영화의 내용은 크게 복잡하지 않다. 착하고 순박하기만 한 여성이 섬에 살면서 온갖 핍박을 받다가 결정적인 사건을 겪고 참혹한 복수극을 펼친다는 내용이다.

많은 이가 선혈이 낭자한 영화 후반부 복수 장면의 통쾌함에 큰 호응을 보냈지만, 정작 나의 눈길을 사로잡은 것은 영화 전반부에 주인공 김복남이 주변 섬마을 사람과의 관계에서 보여 준 모습이었다. 흔히들 '대한민국 3대 암 유발 장면'이라 불리는 바로 그 장면이다. (영화 팬들 사이에 일부 의견이 갈리지만, 나머지 두 장면은 〈추격자〉에서 개미슈퍼 주인이 연쇄살인범 지영민에게 그로부터 겨우 탈출한 여성이 가게 안에 있음을 알려 주는 장면, 〈부산행〉에서 운송업체 고위 임원인 용석이 자기 혼자만 살기 위해 달리는 열차에서 벌이는 온갖 악행 장면이 꼽힌다. 물론 정확한 조사 결과는 아니다.)

영화 속 김복남은 섬에 갇혀 사흘이 멀다 하고 남편에게 매를 맞고, 인륜을 저버린 시동생에게 성적 학대를 받으며, 가혹한 시집살이에 하루 종일 노예처럼 온갖 노동에 시달린다. 그럼에도 불구하고 마을 사람들은 그를 외면하거나 조롱하며, 심지어 시집 식구들의 학대에 동참해 그를 괴롭히기까지 한다. 그나마 삶의 버팀목이었던 딸마저 죽고, 유일한 희망이라 여겼던 뭍에서 온 어린 시절 친구조차 그의 현실에 침묵해 버리자 마침내 그는 폭발해 버린다.

그런데 영화를 본 관객들이 '발암 장면'이라 이름 붙이며 답답해한 것은 그러한 상황 가운데에서 그가 단 한 번도 '아니요'라는 말을 하지 않는다는 것이다. 어떠한 순간에도 김복남은 '아니요'라는 말을 하지 않는다.

방금 전까지 '쎄 빠지게' 일하고 왔는데, 또 다른 일거리를 던지는 시어머니에게 그는 '아니요'라고 하지 않는다. 아내인 그가 버젓이 눈뜨고 보고 있는데, 뭍에서 불러온 싱내새 니성과 방으로 들어가는 남편에게 '아니요'라고 하지 못한다. 자신을 대놓고 조롱하는 섬마을 할매들에게 역시 '아니요'라고 하지 못함은 물론이다. 영화 내내 그의 입에서는 단 한 번도 '아니'라는 말이 나오지 않는다.

물론 사회적으로 문제가 되었던 염전 노예처럼 고립된 환경에서 자기편 하나 없이 지속적으로 핍박받으며 학습된 결과라고 보는 편이 맞을 것이다.

그러나 섬이 아닌 뭍에서 태어나 살면서도 '아니'라고 말하는 버릇없고 되바라진 아이가 아닌, '김복남'처럼 착하고 순한 아이로 키워지는, 아니 그렇게 성장하도록 강요받는 이들이 있다. 이제까지는 그들 중 여성이 차지하는 비율이 압도적으로 높았다.

오랜 기간 이어져 온 남성 중심의 문화는 남성은 권력자고 여성은 피권력자, 남성은 지배자고 여성은 피지배자, 남성은 보호자고 여성은 피보호자, 남성은 부양자고 여성은 피부양자라는 인식을 고착시켜 왔다.

따라서 권력자 또는 지배자인 남성에게는 태어날 때부터 자신이 의사결정을 하고, 그러한 모든 의사결정을 책임지는 자세를 강조해 왔고, 피권력자이자 피지배자인 여성은 평화로운 관계를 위해 남성의 의사결정에 '예'라고 순응하는 것이 미덕임을 강요받아 왔다.

생계와 생존의 모든 것이 남성에게 달려 있다는 생각은 여성의 자립을 막았으며 '남성과 떨어져서는' '남성과 분리되어서는' 온전한 존재로 살아갈 수 없으리라는 공포는 여성의 두 다리를 잡고, 두 팔을 묶어 버렸다. 온갖 부조리와 핍박, 부당한 대우를 당하면서도 '아니요'라고 당당하게 말하지 못하고 그 자리에 그대로 눌러앉게 만들었다. 무도에 살던 김복남이 그러했던 것처럼.

더 큰 문제는 그렇게 순응하며 당하고 살아왔던 많은 여성이 자신의 삶을 부당하고 불합리하다고 자각하는 순간, 엉뚱하게도 영화 속 김복남과 같은 선택을 해 버린다는 점이다. 분명히, 그리고 명백히 본인의 잘못이 아님에도 불구하고 복수한다는 빌미하에 시도하는 행동들이 실질적으로는 자기 파괴적인 행위에 그치고 마는 것이다.

이는 남성주의 사회 문화에서 비롯된 여러 가지 공고한 사회적, 구조적 문제 때문일 것이다. 여성들이 '아니'라고 답하기 시작하면 남성들은 더 강하게 '예'라고 말하기를 강요했고, '아니'라고 말하는 여성들이 더욱더 많아져, 그들이 연대하기 시작하면 남성들은 더 날카로운 칼날로 그 연대의 고리들을 가티가티 찢어 놓기를 반복했다.

그러한 현실에서 복수를 꿈꾸었던 여성은 부당하게 대우 받았던, 순종을 강요받았던 시절보다 더 큰 아픔과 좌절을 겪 었고, 그 고통과 좌절감이 본의 아니게 자기 파괴적인 행위로 스스로를 몰아갔다.

이 공고한 남성주의 사회 구조를 어떻게 공략하여 바꾸고 무 너뜨릴 것인지는 열 권의 책, 백 번의 강의로도 다 풀어내지 못할 것이다. 여기서는 조금 어깨에 힘을 빼고 살짝 비틀어 나가는 방법을 이야기할까 한다. '뭔가 대단한 방법을 얘기해 줄 것처럼 바람을 잡더니 비겁하다' '아빠는 무슨, 남자라는 인간들이 다 그렇지'라고 비난해도 어쩔 수 없다.

미안하다. 정말로 미안하다. 그러나 그럼에도 해야 할 이야기 가 있다. 누군가 제대로 된 정공법을 만들어 내 이야기해 주기 전까지는 게릴라 전술이라도 익히고 써먹어서 제2의, 제3의 김복남이 만들어지는 것을 막아야 한다.

내가 가장 좋아하는 선배(다른 곳에서라면 성별을 밝히지 않았겠지 만, 이곳에서는 이야기를 전개시키기 위해 굳이 언급하자면 '여성'이다)

중 한 명인 K선배의 별명은 '덤벙이'였다. 평상시 생활할 때나 업무를 처리할 때 보면 야무지기가 차돌보다도 더 단단하고 정갈한 사람이었는데 회의 석상이나 업무 후 뒤풀이, 회식 등의 자리에서 유독 물 잔이나 술잔을 잘 엎질러서 붙은 별명이었다.

그런데 거기에는 사연이 있다. K선배의 직장은 금융계 공기업으로, 선배를 빼고는 같은 부서의 직원 모두가 남성이었다. 원래는 100% 남자로만 이뤄진 부서였는데, 공기업의 여성 채용을 활성화하라는 정부 지침에 따라 몇 해 전부터 부서별로 한 명씩 의무적으로 여성을 뽑아 왔다고 한다.

문제는 여성을 동료라고 뽑기는 했지만, 여성 동료와 함께 일할 준비가 덜되어 있었다는 것이다. 사무실에서 일할 때는 물론, 점심과 저녁식사를 할 때, 특히 술까지 걸치게 되는 회식 때면 아슬아슬하게 경계를 넘나드는 발언들이 난무했다. 그 중에서도 부서장과 그 바로 밑의 차석이 그런 발언과 분위기를 주도했다.

왜 앞서 두 명이나 연속으로 1년을 채우지 못하고 퇴사를 했는지 짐작이 갔다. K선배가 입사할 무렵만 하더라도 그러한 발언이나 분위기 조성을 대놓고 따지거나 문제시해서 공론화하기에는 부담이 되었던 시기였다. 물론 지금이라고 크게 달라지지 않은 게 더 문제긴 하지만.

그래서 K선배는 술잔을 엎었다. 때로 맨 정신에 회의실이나 점심 밥상머리에서 이상한 이야기를 꺼내는 작자들이 있으면 물 산을 엎기도 했다. 내막 이런 것이나.

"이봐, 자네들 여자 셋이 등산을 가는 걸 세 글자로 말하면 뭔지 아나?" 이런 식으로 누군가가 슬슬 분위기를 만들어 가기 시작하고, 앉아 있는 말단 직원들이 궁금하지 않으면서도 궁금한 척, 생각하고 싶지 않으면서도 생각해 내는 척하느라 잠시 정적이 흐를 무렵.

턱, 쿵. "어머! 어떻게 하지?" 잔을 엎어 물이나 술을 쏟아 버리는 것이다.

K선배를 포함해 서너 명이 휴지를 뽑아 들고, 다른 사람은 식당의 서빙하는 분을 불러 행주를 찾느라 자리가 일순간에 혼란에 휩싸이게 되면 자연스럽게 대화의 맥락은 끊기고 말았다.

잔을 엎는 것 말고도 스테인리스 수저를 소리 나게 떨어뜨리기, 필요한 것 없는데도 서빙 아주머니 부르기, 가스 불 여러 번 다시 켜기, 숯불 위로 고기 기름 떨어뜨려서 불길 치솟게 하기, 노래방에서 불필요한 신체 접촉을 시도할 경우 마이크로 테이블 다리를 때려 굉음 만들기, 그리고 스피커 쪽으로 마이크를 향하게 해 역시 굉음 만들기 등 다양한 스킬이 동원되었다.

K선배는 본인의 아이디어로 이러한 '아니요' '안 돼요'라는 뜻을 간접적으로 전하는 방법을 만들어 냈지만, 실제로 많은 학자가 불편한 상황에서 이런 방식으로라도 상대의 행동에 제동을 걸고, 그에 대해 동조하기 어렵다는 신호를 보내는 것이 매우 중요하다고 말한다.

뉴햄프셔대학교 예방혁신연구센터 대표 셰린 J. 포터Sharyn J. Potter 박사는 불편한 편견이나 저질 발언에 대해 불쾌해서, 혹은 상대도 하기 싫어서 입을 다문 채 아무런 반응을 하지 않으면 상대방은 그것을 자신의 주장에 동의하거나 수긍하고 있다는 뜻으로 받아들일 가능성이 매우 높다고 말한다. 그것이 상대에게 자신감을 불어넣는 역할을 하고, 또다시 그러한 행동을 반복할 가능성을 높게 만들어 준다는 것이다.

그럴 때 상대와의 관계를 망치는 극단적이고 원칙적인 태도만을 고집할 필요 없이 작은 행동만으로도 상대가 일방적으로 주도하는 분위기, 이야기의 맥락 등을 살짝 멈추거나 비틀 수 있다고 한다.

앞선 이야기에서처럼 물 잔을 쏟을 수도 있고, 갑자기 음악 볼륨을 높인다거나 물건을 떨어뜨려 주의를 분산시키는 것,

또 아주 쉽고 사소하게는 (그러나 연기력이 조금 필요하다) 사례가 들린 것처럼 연속으로 기침을 하는 방법도 매우 효과적이라고 한다. 이를 전문적인 용어로 '구경꾼 일침Bystander Education'이라고 한다.

'아니요'라고 말하는 것은 어렵다. '싫어요'라고 말하는 것 역시 쉬운 일은 아니다. '안 돼, 틀려, 안 할 거야, 하지 마, 옳지 않아, 난 다르게 생각해, 원치 않아……' 이 모든 부정의 이야기는 꺼내기가 쉽지 않다. 우리만 그런 것이 아니다.

'노No'라고 말하는 이들 역시 어려움을 겪는다. '메이요우沒有, 이에いいえ, 나인Nein, 하파나Hapana……'라고 말하는 이들 모두 마찬가지로 쉽지 않다.

오죽하면 프랑스 최초 여성 재무장관이자 금융 외교관으로 2011년부터 국제통화기금IMF의 수장을 맡으며 '트럼프로부터 자유무역을 지켜 낼 여전사'라 불린 바 있고, '세계에서 가장 강한 여성'으로 꼽히는 크리스틴 라가르드 총재조차도 젊은 시절 한 로펌에 근무할 때 '커피를 타 오라'는 남자 선배의 지시에 '농Non'이라고 답하지 못했다고 할 정도니까…….

그럼에도 불구하고 우리는 계속 큰 소리로 '아니'라고 이야기해야 한다. 그럴 수 없다면 작게라도.

잠시 후 딸은 정확히 '하지 마!'라고 세 번을 외친 뒤, 나뭇가지를 휙 빼앗아서는 딱 자신이 맞은 대수만큼 동생을 때렸다.

그러더니, (왜 그랬는지는 지금도 잘 알 수 없지만) 옆에 있던 방관자 형도 한 차례 세게 때리고는 자동차가 내달리는 도로에 나뭇가지를 멀리 던져 버렸다.

물론 동생의 악행을 말리지 않고 방관한 책임이 있긴 하지만, (당하는 입장에서는) 동생 친구에게 공연히 한 대 맞은 형은 어이가 없어서 노려보고, 때린 거보다 훨씬 더 강한 강도로 맞아서 화가 난 동생은 화가 나서 딸을 째려봤다.

그러자 율교는 고개를 휙 돌려 이제까지 모른 체하며, 다른 일행인 척 걸어가던 나를 부르고는 말했다.

"아빠! 얘 우리 반 친구야, 얘는 얘(동생)네 형이고!"

상황은 그렇게 '평화롭게' 종료되었다 .세 아이들에게 "아이스크림을 사 줄까?"라고 물었지만, 두 사내아이가 거절하는 바람에 무산되었다.

공짜 아이스크림을 마다하는 어린이가 있다니 정말 오랜만이었다.

싸움 시작한 놈 따로 있고,
싸운다고 욕먹는 년 따로 있다

뭘, 남자들의 싸움에만 넋신 설부,
숭고한 투쟁, 장엄한 전투라 노래 부르고
여자들의 싸움은 질투와 투정,
암투와 반목으로 몰아가는 이들에게
진짜 싸움이 무엇인지를 보여 주자.

여자의 적은 여자가 아니야.
여자의 적은 만인이지.
물론, 여자의 친구 역시 여자만이 아니라
만인이 될 수 있는 거고.

아이와 함께하는 다른 운동 역시 마찬가지지만, 자전거 타기
도 생각보다 시간이 많이 걸리는 운동이었다. 우선, 자전거
한 대를 끌고 밖으로 나와서 훅 타고 나가면 되는 성인과 달
리 아이들은 자전거를 탈 때 챙겨야 할 것들이 많았다.

사람과 차들이 다니는 일반도로는 서로에게 위험하니 연습
을 할 수 없어 넓은 공터로 이동해야 했다. 어두운 곳에서는

제대로 훈련할 수 없기에, 밝은 낮 시간에 하거나 조명시설을 갖춘 곳에서 해야만 했다. 이래저래 제약이 많았지만, 그래도 일주일에 두세 번은 꼬박꼬박 연습을 나갔다.

딸과 함께 운동장에 나가기 위해 사무실에서 서둘러 퇴근을 준비할 때였다. 건너편 개방형 유리문 회의실에서 날카로운 고성이 들리기 시작했다.

한쪽 목소리의 주인공은 여성 임원 A상무였고, 다른 목소리의 주인공은 직속은 아니고 관련 부서의 팀장인 B부장이었다. B부장 역시 여성이었다. 아무래도 직급에 차이가 있기에 '싸우는 건' 아니었지만, A상무가 뭐라 뭐라 큰 소리로 나무라면 B부장 역시 예의는 차리되 절대 물러서지 않고 대거리를 했다. 내 자리는 회의실에서 제법 떨어져 있었는데도 워낙 날카로운 고성이 오가다 보니 모든 대화가 너무나 생생하게 잘 들렸다.

그런데 그 싸움 혹은 대화에 귀를 기울이고 있었던 것은 나뿐이 아니었다. 나보다 더 회의실과 가까운 자리라서 A상무와 B부장의 목소리가 잘 들렸던 C과장과 D대리 역시 회의실 안의 상황에 대해 관심을 집중하고 있었다. 아니, 더 나아가 무슨 스포츠 중계 캐스터와 해설자처럼 회의실 안 상황에 대해 나름의 분석까지 곁들이며 주시하고 있었다. C과장과

D대리는 이런 이야기가 늘 그러하듯이 A상무, B부장과 달리 남자 직원들이었다.

"야, A상무. 그렇게 안 봤는데, B부장을 아주 잡는다, 잡아. 삼재석인 경생자니까 싹 자체를 살라 버리겠다는 건가?"

C과장의 분석에 D대리가 다른 해설을 덧붙였다.

"아니에요. B부장이 더 대단하다니까요. 다른 사람한테는 늘 웃는 얼굴로 양보하면서, 상대가 A상무라서 그런지 말 한마디도 절대 지지를 않네요. 밟고 올라서겠다는 거 아닌가요?"

두 사람의 주고받는 상황 분석은 회의실에서 고함이 잦아들고 두 주인공이 회의실 문을 박차고 나올 때까지 계속되었다. 그리고 아나나 다를까, 그들이 기나긴 해설을 마치며 최종적으로 내린 결론은 역시 단 세 글자였다.

'여적여.'

여적여. '여자의 적은 여자다'라는 말의 줄임말. '남자의 적은 남자다' 혹은 '남적남'이라는 말은 없는데, 유독 '여적여'라는 말은 존재할 뿐 아니라 C과장과 D대리로 대표되는 우리 주변의 일반적인 직장인들이 여성 간의 경쟁과 업무상 다툼 등을 재단할 때 사용하는 만고불변의 진리 또는 그와 유사한 잣대가 되어 버린 지 오래다.

그런데 이렇게 프레임을 만들어 놓고, 그 안에 여성을 가둬

둔 뒤 그들이 보여 주는 단편적인 모습을 성급하게 일반화해서 모든 여성의 문제로 만들어 버리는 일들을 우리는 수천 년 동안 반복해서 저질러 왔다.

고전문학, 무협소설 등에 한창 빠져 있던 내게 가장 크게 다가왔던 작품은 손무 또는 손자가 지었다고 알려진 《손자병법》이라는 책이었다. 여러 번역가의 작품 중에서도 정비석 선생이 번역한 총 네 권짜리 책을 읽고 또 읽었는데, 수많은 주옥같은 내용 중에서도 나의 마음을 사로잡았던 것은 오나라의 왕 합려가 지략가로서 손무의 능력을 의심하자 그가 직접 시연을 보인 부분이었다.

오자서는 자신의 아버지와 형이 초나라 평왕의 노여움을 사 처형되자 그 경쟁 국가인 오나라로 망명해서 후일을 도모하기로 한다. 마침 왕손인 공자 광을 만난 그는, 광의 됨됨이를 알아보고 그를 도와 쿠데타를 일으켜서 오나라 왕권을 차지하게 된다. 왕위에 오른 광은 스스로를 합려라 칭했다.

오왕 합려는 자신이 왕위에 오르는 데 결정적인 공을 세운 오자서에게 부모형제의 원수를 갚아 주겠다고 약속했다. 다만, 초나라 정도 되는 강대국을 치려면 훌륭한 장수가 필요하다며 슬쩍 한 발을 빼려 하자 오자서는 손무라는 지략가를 어렵게 모셔 왔다.

손무는 오왕 합려와 오자서에게 자신이 지은 13편의 병법을 설명했다. 그러자 합려가 "공의 지략은 참으로 훌륭하나 오나라는 아직 군사가 많지 않으니, 병법이 다 무슨 소용이겠소"라고 푸념했다.

그러자 손무는 자신 있게 "신의 병법은 비단 병졸에게만 해당되지 않습니다. 신의 명령만 따른다면 부녀자라도 나가서 적의 대군과 맞서 싸워 이길 수 있습니다"라고 말했다. 그 말이 합려의 심기를 상하게 했다.

결국 합려는 손무에게 "내뱉은 말을 증명해 보이라" 명령하며 300명의 궁녀를 데리고 군사훈련을 하도록 했다.

이후 이어지는 이야기는 한 '지혜롭고 사명감 투철한 남성'이 '사치와 퇴폐, 향락만 일삼는 여성'들을 조련하여 '정예 군사'로 만들어 냈다는 인상 깊은 이야기로 두고두고 회자되며 남성과 여성에 대한 전형적인 이미지를 고착화시킨 대표적인 사례가 된다.

연병장에 나온 손무는 후궁들을 두 개의 무리로 나누고, 합려가 가장 아끼는, 그래서 당연히 후궁들 중에서도 서열이 높은 두 사람을 각각 무리의 대표로 세웠다. 그러고는 명령체계에 대해 간단히 설명하고, 다짜고짜 북을 쳐서 신호를 보냈다.

당연히 난생처음 군사훈련을 받게 된 후궁들은 영문을 알 수 없어 그 자리에 멍하니 서 있거나 좌충우돌 부딪히고 엎어지고 난리가 났고, 그 모습이 아니 우스웠을 수가 없으니 일부는 웃음보를 터뜨렸다. 그러나 손무는 그것을 명령 불복종으로 간주해 합려가 가장 아끼는 후궁이자 두 무리의 장수인 그들의 목을 베어 버렸다.

그 뒤 다시 신호를 보내자 후궁들은 일사불란하게 명령을 따랐고, 손무는 자신의 병법을 입증해 보이며 오나라의 대장군이 되었다는 '흐뭇한' 내용으로 일단 이야기는 끝을 맺는다.

흐뭇한가? 흐뭇했다. 비단 자락이나 흩날리고 얼굴에 분칠이나 한 후궁들을 단숨에 정예 병사로 만들어 낸 손무의 통솔력과 지략에 탄복하며, 막 가슴이 뛰었다. 그런데 얘기를 이렇게 바꿔 보면 어떨까?

한 부대에서 장기자랑 대회가 열리게 되었다. 반드시 1등을 하고 싶었던 부대장의 마음을 알아챈 인사참모는 외부에서 걸그룹 댄스 안무가를 모셔 왔다. 그는 자신의 안무에 대해 설명했다.

그러자 부대장은 "선생님의 안무는 참으로 훌륭한데, 우리 부대 애들이 맨날 사격이나 하고 작업이나 하던 애들인데 걸그룹 안무가 다 무슨 소용 있겠습니까?"라고 푸념했다. 그러자 안무가는 자신 있게 "저의 안무는 비단 걸그룹에게만 해

당되지 않습니다. 저의 지도만 따른다면 부녀자라도 나가서 적의 대군과 맞서 싸워 이길 수 있습니다"라고 말했다. 그 말이 부대장의 심기를 상하게 했다.

결국 부대장은 안무가에게 "네 말은 믿을 증명해 보이라"며 300명의 병사들을 데리고 걸그룹 댄스를 추도록 했다.

연병장에 나온 안무가는 병사들을 두 개의 무리로 나누고, 부대장이 가장 아끼는, 그래서 당연히 분대장 타이틀을 달고 특급병사 표창장을 수상한 병장 두 사람을 각각 무리의 대표로 세웠다. 그러고는 댄스 스텝에 대해 간단히 설명한 뒤 다짜고짜 음악을 틀고 춤을 추라고 신호를 했다.

당연히 난생처음 걸그룹 댄스를 추게 된 병사들은 영문을 알 수 없어 그 자리에 멍하니 서 있거나 대충 손동작을 따라 하거나 아무 생각 없이 흐느적대는 등 난리가 났고, 그 모습이 우스워 일부는 웃음보를 터뜨렸다. 그러나 안무가는 그를 명령 불복종으로 간주해 부대장이 가장 아끼는 병사이자 두 무리의 대표였던 두 분대장의 목을…….

자, 어떠한가? 이래도 이 이야기가 '한 지혜롭고 사명감 투철한 남성이 사치와 퇴폐, 향락만 일삼는 여성들을 조련하여 정예 병사로 만들어 낸' 감동적인 이야기로 가슴에 깊이 남는가? 누군가의 언쟁으로 인해 촉발된 무모한 내기. 자신의 말이 맞는다는 것을 입증해 보이기 위해 300여 명의 사람에게 평상시 전혀 접해 본 적이 없는, 자신의 삶과 무관한 영역이라 생각해 온 일을 하라고 명령한 다음, 그 전달 내용을 제대로 숙지했는지, 하겠다고 동의했는지, 의문사항이나 다른 이유로 인해 당장 그 일을 해내기 어려운 이는 없는지를 따지지 않고 일단 무조건 시킨다.

그러고 나서 그 책임을 특정한 두 사람에게 지운 뒤, 그 무엇보다 소중한 목숨을 빼앗고 그 일로 조성된 공포 분위기를 이용해 나머지 사람들을 멋대로 장악하는 것. 이는 전형적인 갑질이자 언어적, 신체적 폭력이며 명백한 범죄 행위다.

그럼에도 불구하고 사람들이 집중했던 것은 '사치와 퇴폐, 향락만을 일삼는' '명령에도 불구하고 시시덕거리는' '철없고 세상 물정 모르는' 후궁들의 이미지였고, 환호한 것은 '어떠한 방법을 썼든지 간에' 그런 후궁들을 병사로 만드는 결과를 만들어 낸 손무의 탁월한 능력이었다.

이처럼 남성의 능력을 부각시키기 위해 혹은 남성이 보유한 그 무언가를 차별화시키기 위해 여성을 특정한 이미지로 고착시키고 그를 활용해 비난한 사례는 무수히 많았다.

그 대표적인 사례가 바로 '여자의 적은 여자'라는 '여적여' 프레임이다.

미국은 1776년 독립 선언문을 낭독한 이래 250여 년 동안 늘 전쟁 상태였다. 학자에 따라 조금씩 다르기는 하지만, 단 20년을 제외하고는 늘 전 세계 어느 한 나라(또는 집단)와 전쟁을 벌였다. 그러니 그 전쟁 중 여성이 신전포고를 한 적은 단 한 차례도 없었다. 예외 없이 남자 대통령에 의해 전쟁 개시 명령서에 서명이 이뤄졌다.

인류 역사상 가장 참혹했던 전쟁, 가장 피해가 컸던 전쟁이라고 평가받는 제2차 세계대전을 일으킨 이들 역시 모두 남자였다. 그 전쟁이 끝난 뒤 현재까지 치른 크고 작은 250여 차례의 전쟁 중 여성이 시작한 건 대처 수상이 치른 포클랜드전쟁 등 한 손으로도 충분히 꼽을 정도다. (포클랜드전쟁마저도 '남성'인 레오폴도 갈티에리 아르헨티나 대통령이 자신의 정치적 입지를 위해 분쟁을 촉발했다는 평도 있다.)

그나마 여자가 전쟁을 일으킨 것이 이 정도지, 여자가 전쟁을 일으켜 여자와 싸운 예는 극히 드물어 찾아보려고 해도 찾을 수가 없을 정도다. 그럼에도 '여자의 적은 여자'였다.

시중에 주먹 좀 쓴다고 어깨에 힘주고 돌아다니는 사람, 동네에서 걸핏하면 싸움질하는 사람 역시 죄다 남자였다. 때가 되면 한 번씩 하는 조직폭력배 일제 단속 시 수갑과 포승줄에 묶여 고개 숙이고 있는 이들 역시 한 사람도 빠짐없이 남자

였으며, 그들이 싸운 대상(괴롭힘당한 대상은 제외) 역시 100%
남자들이었다. 여자 조폭이 여자 조폭과 싸우는 장면은 영화
〈조폭마누라〉에서(그것도 1, 2편도 아니고 3편) 여자 주인공이
여자 자객과 싸우는 장면에서나 겨우 찾아볼 수가 있다.

회사 사무실 안에서도 마찬가지다. 여직원들 간의 다툼을 얘
기하지만, 남자 직원들 간의 다툼에 비할 수가 있을까? 여직
원들의 텃세를 이야기하지만, 남자 직원들 간의 패거리 문화
에 비할 수 있을까? 하다못해 회식자리에서 술에 취해 멱살
잡이하는 것도 남자 직원들 사이에서만 벌어진다.

그럼에도 불구하고 우리는 걸핏하면 '여자의 적은 여자'라고
단정 지어 왔다.

퇴근을 하고 아이와 함께 자전거를 끌고 나왔다.

오늘의 목표는 내가 뒤에서 잡아 주지 않고, 아이가 직접 페
달을 밟으면서 올라타기다. 쉬워 보이지만 핸들을 꽉 잡아서
단단하게 고정시킨 뒤 페달을 힘차게 밟으면서 자전거를 일
으켜 세우는 건 딸에게는 아직 하기 어려운 고도의 동작이
었다.

"율교! 잘할 수 있지?"

그러자 아이는 한 치의 망설임 없이 소리쳤다.

"당연하지! 이 정도는 쉽게 하지!"

뭔가 평상시와는 달리 분노가 느껴지는, 패기에 가득 찬 목소리였다.

자전거 타기를 마친 뒤 같이 아이스크림을 빨며 집으로 걸어왔나. 눈치를 살피나가 슬쩍 물었다.

"무슨 일 있었어?"

그러자 아이는 참았다는 듯 속사포처럼 내뱉었다.

"그러니까 이서우(가명)가 먼저 쳐서 내가 같이 쳤거든. 근데 걔가 나보고 더 세게 쳤다고 하더니 나를 밀쳐서……."

학교에서 친구와 다툰 모양이었다. 내가 물었다.

"이서우? 남잔데 여잔데?"

그러자 딸이 답답하다는 듯 말했다.

"아니, 여자고 남자고 그게 중요한 게 아니라, 이서우가 나를 먼저 쳤다니까?"

아, 맞다! 그래. 네가 옳다. 또 내가 실수하고 말았어.

남자건 여자건 그게 무슨 상관이란 말이냐.

너는 '그냥' 친구와 다툰 거고, 내일 다시 그 친구와 만나 화해하고 손을 맞잡으면 그만인 것을.

모르는 남자와 얼굴 붉히지 않고
사우나를 함께하는 현명한 방법

딸, 아빠의 어린 시절 꿈은 '관계자'가 되는 것이었어.

공사장, 공터, 폐공장 등 내가 들어가고 싶은 모든 곳에는

'관계자 외 출입금지'라고 씌어 있었거든.

딸, 앞으로 네가 들어가고 싶은 모든 곳에는

보이게, 보이지 않게 '남자 외 출입금지'라고 씌어 있을 거야.

그럴 때는 어떻게 하면 좋을까?

어쩌긴? 어린 시절 아빠가 그랬듯이,

무시하고 그냥 들어가 보는 거야.

아무 문제없다는 듯이.

진짜로 아무 문제없었거든.

지금으로부터 20년도 더 전인 1998년 3월. 우리나라도 아닌 일본 도쿄 지요다구 가스미가세키 3초메 1번 1호에 위치한 거대한 빌딩 앞. 수많은 취재기자와 카메라를 든 촬영기자들이 출입문 앞에 빼곡히 들어서 있었다. 이윽고 중년의 두 사

내가 도쿄지검 특수부 검사와 수사관들의 손에 이끌려 건물에서 빠져나왔다. 카메라 플래시는 불을 뿜었고, 기자들의 질문이 쏟아졌다. 그 뒤로는 분노한 도쿄 시민들의 욕설이 난무했다.

이 거대한 건물은 '관청 중의 관청'이라 불렸던 일본 대장성(2001년 재무성으로 명칭을 바꾸었다)이었고, 수갑을 찬 채 끌려나온 두 남자는 '관료 중의 관료'라고 불리던 대장성 증권국 소속 과장보좌와 증권거래 검사관이었다. 이들의 혐의는 업무 관련 기업인 노무라 증권, SMBC닛코 증권, 스미토모 은행 등으로부터 향응과 접대를 받은 것으로, 그 횟수는 둘이 합쳐 무려 78회였다.

그들의 향응, 접대 레퍼토리는 횟수만큼이나 다채로웠다. 평일에는 특급 호텔 별실이나 고급 유흥가인 아카사카의 클럽을 전세 내서 고가의 양주와 안주를 대접받았다. 신주쿠 가부키초에 있는 비밀 요정에서 저급한 퇴폐 행위 접대를 받기도 했다. 휴일이면 온천을 낀 골프장에 게이샤들까지 불러들여 골프와 사우나 등으로 이어지는 코스형 접대를 받기도 했다.

이후 발표된 수사 결과에 따르면 이러한 접대 행위가 이 두 사람만의 문제가 아니라 대장성 내에 만연한 행위였다는 것이 밝혀졌다. 일본 굴지의 증권사나 은행 등에는 '대장성 팀'

이 따로 있어서 이들은 아예 자신들의 사무실이 아닌 대장성 건물로 출근하거나 인근 가스미가세키 지역에 사무실을 얻어 놓고 대장성 관료들의 정보 수집만을 전담하고 있었다.

말이 정보 수집이지 실제로는 점심과 저녁을 대접하며 안면을 트고, 저녁이나 휴일을 이용해 향응을 제공해서 '은밀하면서도 친근한' '그렇고 그런' 관계를 형성하는 것이 그들의 주된 업무였다. 이 팀의 활동 무대는 대장성에만 그치지 않았다. 우리로 치면 한국은행 격인 일본은행, 일본에서는 '은행 중의 은행'이라고 칭송받는 그곳 역시 접대의 주요 타깃이었다. 계속된 수사에 일본은행의 현직 관료가 은행 설립 116년 만에 최초로 구속되었고, 그 후 수사 대상에 오른 몇몇 관료들이 중압감을 못 이겨 스스로 목숨을 끊는 비극이 벌어지기도 했다. 이 모든 일이 지금으로부터 20여 년 전, 바다 건너 일본에서 벌어진 일이다.

시간은 20년이 넘게 지났고, 일본과 우리는 전혀 다른 나라이며, 꽤 오랜 시간이 지났으니 많은 것이 변했을까? 일본과 우리는 전혀 다른 나라이므로 일본에서 일어났던, 일어나고 있는, 일어날 일들이 우리나라에서는 벌어지지 않고 있을까? 지난 시기, 그리고 현재의 한국에서 위와 같은 사건이 일어나지 않았고, 일어나지 않고 있고, 일어나지 않을 것이라고 자신 있게 얘기할 수 있을까?

오너 일가나 학계 또는 관료 출신 특채가 아닌 정규 공채 채용으로 회사에 입사해 일반적인 승진 코스만 밟아서 모 그룹의 주요 계열사의 부사장 자리에까지 오른 임원을 한 명 알고 있다. (또다시 어쩔 수 없이 이야기 전개상 성별을 말하자면 '여성'이다.) 때로는 형처럼, 때로는 스승처럼, 때로는 엄마나 할머니처럼 또 친구처럼 자주 만나서 한 수 가르침을 받는 분인데, 이분은 연구소로 입사해서 대리에서 과장을 달 무렵에 영업직군으로 자리를 옮겨, 지금까지 영업과 마케팅 조직을 이끌고 있는 독특한 커리어를 가졌다.

그 임원이 과거 한국에서의 영업 활동에 대해 이야기하며 '삼께'라는 말을 한 적이 있다. 즉, 한국에서 뭔가 영업이 이뤄지고, 거래가 성사되려면 상대와 '세 가지'를 '함께' 해야만 일이 쉽게 잘 풀리더라는 얘기였다. 그 세 가지는 익히 예상하거나 들어왔다시피 '술, 담배, 사우나'다.

술은 그나마 쉬웠다고 한다. 참고로 이분은 종교적, 체질적 이유로 술을 단 한 모금도 마시지 못하는 분이다. 그럼에도 불구하고 술자리에 참석해서 센스 있는 이야기로 분위기를 돋우는 것만큼은 자신 있었기에 언제라도 자리가 마련되면 마다치 않고 참석해 좌중을 휩쓸었다.

심지어 거래처 사장이 술을 마시라고 강권하며 분위기를 험

악하게 몰고 가자 따라 준 술을 머리 위로 뿌리며 "제가 몸으로는 못 마시지만, 머리로는 또 잘 마신다 아입니꺼. 사장님, 제 잔 한잔 받으시지예"라며 분위기를 띄웠다는 이야기는 이제 그 부서, 그 회사를 넘어서 그룹 전체의 신화, 전설 같은 것이 되었다.

담배는 그보다 어려웠다. 담배 역시 태우지 않았기에 여럿이 중요한 이야기를 나누다 말고 '담배나 한 대 태우시죠'라며 남자들끼리 쏙 빠져나가면 사무실에 홀로 멍하니 앉아 있어야 했다. 어느 날에는 그러기 민망해서 따라 나가 보기도 했다. 그런데 담배를 피우지 않는 여성이 흡연구역에 멀뚱히 서 있는 것 역시 서로 못할 짓이었다. 더 어려운 상황은 단둘이 만난 상황에서 "한 대 피우시죠"라며 담배를 권해 오는 상황이었다. 비즈니스에 영향을 주지 않도록 상대방이 무안하지 않게 그 상황을 빗겨 가기란 여간 어려운 일이 아니었다.

시간이 흐르고 우리나라의 흡연 인구가 점점 줄어들면서 그나마 그런 어색하고 곤란한 상황이 줄었지만, 직급이 높아지고 관장해야 할 사업 범위가 늘어나면서 중국 쪽 영업도 관리해야 했고, 특히나 접대성 흡연을 중요시하는 중국 거래처와의 관계에서 비흡연자로 일해 나가는 것은 때때로 곤욕을 안겨 주기까지 했다.

가장 큰 문제는 역시 사우나였다. 인류의 역사가 시작된 이래 사우나는 술과 담배처럼, 혹은 그 이상 가는 사교와 인간관계 유지의 수단으로 사용되어 왔다.

기원전 4000년경으로 추정되는 모헨조다로 유적에서도 길이 11.8미터, 폭 7미터의 대형 목욕탕이 발견되었다. 전체적인 구조로 보았을 때, 사람들은 종교 의식을 하기 전 이곳에서 몸을 깨끗이 하며 서로 이야기를 나누고 친분을 맺었을 것으로 보인다.

인간이 목욕탕을 보다 적극적인 사교의 수단으로 활용한 것은 로마시대부터였다. 로마의 자유 시민들은 목욕탕에서 정보를 교환하고 모임 결사를 도모했으며 상업적 거래를 하거나 정치적 의사결정을 내리기도 했다.

그 규모가 어찌나 컸던지 카라칼라 황제의 명령으로 지어진 욕장은 축구장 네 개에 맞먹는 면적에 도서관, 체육관, 강연장 등을 갖춘 복합 문화시설에 가까웠고, 디오클레티아누스 욕장은 3000명이 동시에 목욕을 할 수 있는 크기였다고 알려져 있다. 그러나 흑사병이 창궐하면서 서양에서는 (핀란드 등 일부 지역을 제외하곤) 더는 여럿이 함께 목욕을 하는 문화가 발전하지 못했다.

함께 목욕을 하며 친목을 다지거나 거래 이야기를 하는 문화는 바다 건너 터키에서 그 꽃을 활짝 피웠다. 이슬람 율법에서는 기도 전에 몸을 깨끗이 하라고 명시되어 있었기에 자연스럽게 다수의 사람이 함께 씻는 문화가 정착되기가 쉬웠다. 또 건조한 사막 지대로 이루어져 있다는 지역 특성 때문에 몸에 먼지가 쌓이기 쉬워 자연스럽게 목욕 문화가 발전할 수밖에 없었다.

다수가 함께 목욕할 수 있는 시설을 '하맘Hamam'이라고 불렀는데, 최초의 하맘 역시 이슬람 사원의 부속 건물에 있었다. 사람들은 하맘에서 우리의 찜질방과 비슷하게 뜨겁게 달궈진 대리석에 몸을 달구고 나서 때를 밀고, 비누거품으로 씻어 낸 뒤, 몸 전체에 오일을 발라 목욕을 마무리했다. 그런 후에 차가운 돌바닥에 함께 누운 채 새벽이 밝아 올 때까지 밤새도록 이야기를 나눴다.

당시 하맘 문화는 남자들만의 것은 아니었다. 여성들 역시 여성 전용 하맘에서 목욕을 즐기고 이런저런 이야기를 나누느라 밤을 지새웠다. 때문에 지금의 터키를 중심으로 한 오스만 튀르크의 지배 영역에서는 상당 기간 성인 남녀의 지나친 하맘 애용이 커다란 사회 문제가 되곤 했다.

우리나라 역시 고려시대까지는 함께 목욕하는 문화가 꽤 성행했던 것으로 보인다. 송나라 사신 서긍이 고려를 돌아보고 기록한 《고려도경》을 보면 '고려인은 깨끗한 것을 좋아해서 자주 씻는데, 남녀가 개방된 공간에서 혼욕을 해도 서로 개의 치 않는다'라고 적혀 있다. 실제로 여러 기록을 살펴보면 고려인들은 하루에도 몇 번씩 목욕을 했고, 개성과 같은 대도시에는 여러 사람이 함께 목욕하는 특정한 공간들이 있었다.

왕들은 이름난 온천을 찾아다녔으며, 병이 난 신하에게는 온천을 권하기도 했다. 로마나 터키 수준은 아니었지만, 대중이 모여 씻을 수 있는 공간이 존재했고, 고려인들은 그런 공간에서 함께 목욕을 즐기고 사교 활동을 해왔다.

그랬던 목욕 문화에 철퇴가 내려진 것은 조선의 통치이념으로 성리학이 확고하게 자리 잡으면서부터다. 남녀가 같은 공간에서, 그것도 맨살을 드러내 놓고 목욕을 한다는 것은 도저히 용납할 수 없는 행위였다.

부인병 환자나 신경통, 피부병 환자를 대상으로 약초를 태운 연기 또는 달인 증기를 쐬도록 하는 한증요법이나 온천에 몸을 담그도록 하는 것 등 전적으로 치료 영역에서의 목욕만이 허용되었다. 목욕 비슷한 행위를 하며 친목을 다지는 것은 '계곡물에 발을 담그고 시를 읊으며 노는' 탁족 정도를 제외하면 거의 없다시피 했다.

그랬던 목욕이 다시 사교의 방편으로 쓰이기 시작한 것은 일제강점기부터다. 강화도 조약이 체결된 뒤 부산에 형성된 일본인 집단 거류지에 생기기 시작한 대중목욕탕들이 우리나라 근대 사우나 접대 문화의 효시라고 볼 수 있다.

1907년 도요타 후쿠타로라는 일본인이 부산 동래온천 지구 내에(지금의 호텔 농심 자리) 봉래관蓬萊館이라는 온천 목욕탕의 문을 열었다. 7600평의 넓은 부지의 봉래관은 1934년 기준 객실 35실, 셋방 30실, 욕탕 3개 6실로 구성되어 있으며 가족탕, 오락시설, 옥돌탕을 비롯해 고급 요릿집과 일본식 정원에 배를 띄울 수 있는 연못까지 갖춘 그야말로 구한말의 온천 테마파크였다.

수백 년간 대중 목욕을 터부시했던 조선과 달리 온천을 즐겨했던 일본에서의 생활을 그리워한 일본인 관료들과 사업가들이 드나들었고, 그들이 떨어뜨리는 부스러기라도 얻어먹으려는 눈치 빠른 조선인들까지 그곳에 몰려들면서 봉래관은 부산은 물론 일제강점기 한반도에서 가장 '핫한' 사교의 장이 되었다.

우리나라에서 사우나가 사업가들의 필수 코스로 자리 잡게 된 시기는 1970년대 말이다. 은밀하게 이루어져야 하는 사업적 교섭이나, 남들의 귀에 들어가면 좋을 것이 없는 청탁 등을 주고받는 데 수건 한 장 빼고는 아무것도 가지고 들어갈 필요가 없는 목욕탕, 사우나야말로 최적의 장소였다. 맨살인 채로 같은 공간에서 서로의 치부를 보이며 대화를 주고받은 사이라는 것은 어떤 요청이나 부탁에 대해 거절할 수 없는 사이기 되었다는 기대감을 만들기에 충분했다.

때마침 우후죽순처럼 생긴 관광호텔과 그 안에 자리 잡은 호텔식 사우나들은 터키의 하맘을 능가하는 해당 지역의 사교장이 되었다. 그리고 그 속에서 '여자들을 배제한' 온갖 교섭과 타협, 사업 논의와 청탁 등이 오가며 공고한 '남자들만의 비즈니스 세계'가 구축되었다.

모르는 남자와 얼굴을 붉히지 않고 사우나를 함께하는 현명한 방법? 그런 것은 없었다. 남자들은 비단 사우나뿐만이 아니라 자신들의 업무 영역에서, 사업 분야에서, 공적인 논의의 장에서 여성들을 몸 둘 바 모르게 만들어서 스스로 그 자리를 피하게 하거나, 역할을 마다하도록 하는 매우 효과적인 방법을 여러 가지 알고 있었고, 그것을 남자 후배들에게 전수해 주는 데 적극적이었다.

"앗 뜨거!"

퇴근 후 잠깐 샤워만 한다는 것이 모헨조다로 유적에서 시작해서 터키의 하맘에 들렀다가 다시 강남의 관광호텔 사우나로, 생각에 생각이 옮겨 가다 보니 욕조가 넘치도록 물을 받아 버렸다. 그것도 거의 펄펄 끓는 물을. 별수 없이 세면대와 욕조, 욕실 바닥에 서너 번 물을 끼얹어 청소하는 시늉만 하고 그대로 배수구를 통해 버릴 수밖에 없었다. 아, 아까워라.

샤워를 마치고, 아니 정확히는 배수까지 마치고, 머리에 수건을 두른 채 욕실문을 열고 나오자마자 율교가 자전거 헬멧을 눈앞에 내밀었다.

"아차!"

아이가 친구들과 함께 자전거를 타기로 한 날이었다. 나는 그런 친구들에게 이번 주에 아이스크림을 사 주기로 약속한 터였고, 공연히 샤워를 먼저 했다 싶어 속이 쓰렸다. 어차피 나갔다 오면 땀범벅이 되어서 또다시 씻어야 하는데.

문득 집에 가서 또 씻어야 하는데도 대낮에 밖에서 몇 번이고 모르는 사람과(가끔은 아는 사람도 있었겠지만) 사우나를 하며 사업을 하고, 업무를 본 그들이 참 대단하다는 생각이 들었다.

아직은 여자아이들 중에 자전거를 즐겨 타는 아이들이 많지 않다. 율교가 신나게 자전거를 타려면 남자아이들 사이에 끼어서 타는 수밖에 없다. 그런데 아이들의 학년이 조금씩 높아지고, 나이를 먹어 갈수록 다른 성별의 친구들을 잘 끼워 주려 하지 않는다. 딸도 최근 들어 그런 분위기를 은연중에 느끼기 시작한 듯하다. 그래서 얼마 전 반포종합운동장에서 우연히 만난 같은 반 남자친구들을 아이스크림으로 꼬여 내서 이날 함께 자전거를 타기로 한 것이었다.

자전거를 끌고 운동장으로 걸어가며 아이에게 물었다.

"여자친구들 중에는 자전거 타는 애들 없어?"

"응. 없어."

"지난번에 보니까 몇 명 있는 것 같던데?"

"탈 줄은 아는데, 자주 타지는 않는 것 같아. 남자애들이랑 타는 게 더 재미있어."

"율교야, 넌 아직 아빠가 안장을 잡아 줘야 되잖아. 잘 타는 남자애들이랑 어울리는 거 안 무서워?"

"괜찮아, 다음 주부터는 나도 혼자 타 보지 뭐. 그리고 걔들도 얼마 전까지 아빠들이 잡아 줬어."

두런두런 얘기를 하며 걷다 보니 저만치 운동장이 보였다. 함께 자전거를 타기로 한 남자아이들은 일찍 모여서 저들끼리 씽씽 내달리고 있었다.

샤워를 하고 제대로 말리지도 않고 나온지라 머리에서 샴푸 냄새 머금은 물방울이 어깨 위로 뚝뚝 떨어졌다. 문득, 친구들을 발견하고 걸음이 빨라진 아이에게 진지 모드로 돌변해서 말했다. (아마도 샴푸 냄새 때문에 그랬을 것이다.)

"율교야, 앞으로 네가 학교를 졸업하고 사회에 나갈 무렵이면 남자들이 너를 잘 안 껴 주려고 할 거야. 술자리건, 담배를 태울 때건. 그리고 목욕탕에 가서 저들끼리만 쑥덕이며 서로 밀어 주고 당겨 주고 너를 따돌린 채 짬짜미를 하려 할 거야. 그럴 때……."

내 말이 채 끝나기도 전에 딸은 모여 있는 남자친구들을 향해 뛰어가며 말했다.

"아빠, 요즘 찜질방은 남녀공용이야! 여탕, 남탕에서 몸만 씻고 한자리에 다 모여서 노는 거거든!"

순간, 나는 자전거를 붙들고 그 자리에 멈춰 섰다. 어깨 위로는 계속 덜 마른 머리에서 흘러내린 물기가 방울 지어 똑똑 떨어졌다. 남자애들과 툭탁거리며 장난을 거는 아이를 보며 혼잣말을 했다.

'그래, 나도 이제 달라져야겠어. 왜냐하면 지금은 2018년이니까! Because it's 2018!'

※ 캐나다의 쥐스탱 트뤼도 총리가 남녀 5:5 동수의 내각 명단을 발표한 뒤, 그렇게 성비를 맞춘 이유를 묻는 기자의 질문에 한 말, "왜냐하면 2015년이니까요 Because it's 2015"를 차용.

혼자 달려야 하는 길인 걸 알면서도

혼자 달리는 것이 지독하게 외로울 때,

그럼에도 불구하고 혼자 달려야 할 때,

그래서 혼자 달리는 것에 익숙해질 때,

그때 우리는 어른이 되었다고 말한다.

언제부터 나의 생일날이
당신의 놀이터가 되었을까

딸,

힘차게 페달을 밟아.

아무리 힘차게 밟아도 속도가 나지 않을 수도 있고,

아무리 앞으로 나가려 해도 비틀거리기만 할 수도 있어.

딸,

그래도 힘차게 페달을 밟아.

그러지 않으면, 앞으로도 수많은 사람이

너의 안장 뒤를 붙잡고 훈수를 두거나,

아예 페달을 대신 밟아 준다고 나설 수도 있어.

네 자전거는 너의 페달질로만 가는 거야.

"자, 놓는다, 놓는다!"

"잠깐, 잠깐, 놓지 마…… 안 될 것 같아…… 놓지 마!"

"자, 이제 놓는다? 페달 더 세게 밟아 봐."

"안 돼! 아! 넘어질 것 같아."

"이미 났는데?"

드디어 율교의 단독 주행이 시작되었다. 더 이상 안장 뒤를 잡느라 엉성하게 다리를 벌린 어정쩡한 자세로 뒤뚱거리며 내달리지 않아도 되었고, 그로 인해 날마다 뻐근한 허리를 부여잡고 끙끙대지 않게 되었다.

딸의 자전거는 조금 위태롭기는 했지만, 그래도 곧잘 앞으로 쭉쭉 달려 나갔다. 아슬아슬하게 비틀거리는 아이의 자전거를, 대량의 지방과 얼마 없는 근육이지만 그래도 힘 잔뜩 들어간 두 팔로 꽉 잡은 채, 자전거 타기가 아니라 인생살이 전부를 책임져 줄 수 있는 전지전능한 존재인 척 있는 대로 허세를 떨던 시간이 지나갔다.

약간 아쉽기는 했지만, 팔짱을 끼고 내게서 멀리 달아나는 딸의 자전거를 눈으로 좇는 것도 나름 나쁘지 않은 경험이었다. '언젠가는 저렇게 멀어지겠지. 자기 길을 찾아 힘차게, 더 힘차게 페달을 밟아 내 품에서 점점 더 빨리 멀어져 가겠지.'

누가 보면 미쳤다 하겠지만, 그런 생각에 울먹거렸다가 다시 신나게 달리며 환호하는 딸의 모습을 보며 웃었다를 반복하고 있었다.

픽! 순간, 누군가 내 허리를 있는 힘껏 치고 지나갔다. '뭐지?'

하고 돌아보는 순간 이번에는 더 큰 힘으로 누군가 나를 덮쳤다. 나는 있는 그대로 내동댕이쳐지고 말았다.

정신을 차리고 고개를 돌려 보니 그전에도 몇 번 만난 적이 있는 한 아빠와 딸, 그리고 자전거가 눈에 들어왔다. 이 아빠 역시 딸에게 처음으로 자전거를 가르쳐 주는 중이었다.

내가 알기로 이 아빠는 나보다 한 살 정도 나이가 많았고, 그 딸은 우리 집 아이와 동갑, 자전거는 우리 집 자전거보다 조금 신형이었다. 자전거 타는 연습을 시작한 시기는 우리보다 며칠 빠르던가, 비슷했던 거로 기억한다.

그런데 여전히 이 집 딸은 단독 주행을 하지 못하는 듯했다. 아빠가 뒤에서 허리를 숙인 채 안장을 잡고 달리다 보니 나를 보지 못하고 자전거 오른쪽 핸들로 한 번, 아빠의 몸으로 또 한 번 나를 치고 만 것이다.

"미안합니다. 안 다치셨어요?"

어쩔 줄 몰라 하는 아빠에게 "괜찮습니다"라며 손을 내저었다. 조금 아프기는 했지만, 다친 내색을 할 정도로 크게 아픈 것은 아니었고, 무엇보다도 나 역시 며칠 전까지 아이가 탄 자전거의 안장 뒤를 붙잡고 내달리던 처지였기에 그 집 아빠의 당황스러움과 난감함을 이해할 수 있었기 때문이다.

몇 분 뒤, 자전거 접촉사고 피해자는 가해 남성이 뛰어가서 사 온 음료수를 운동장 벤치에 앉아 함께 마시고 있었다. 안장을 잡아 주지 않았기에 자전거를 탈 수 없게 된 가해 남성의 딸 역시 옆에 앉아 아이스크림을 빨고 있었다. 오직 피해자의 딸만 신나게 자전거를 타고 운동장을 돌았다.

"잘 타네요."

"그러게요. 저 정도로 질주할 수준은 아닌데……. 오늘 좀 폭주를 하네요. 스트레스 받은 게 있었나?"

내 말에 그는 크게 웃더니 씁쓸한 표정으로 흘리듯 말했다.

"배우기는 저희 집 애가 먼저 배우기 시작한 것 같은데요. 아직 우리 집 애는 안장을 잡아 주지 않으면 타지를 못해요."

그 말을 듣자 이번에는 그 집 아이가 스트레스를 받았는지 절반쯤 남은 아이스크림을 '원샷' 하는 폭주를 저지르고 말았다.

과거 모 신문사 국장님과 저녁식사를 한 일이 있었다. 그날 이야기의 주제는 '왜 도대체 우리는 점점 더 힘들어지기만 하는 걸까?'였다. 이런저런 이야기들이 오가던 중 그분께서 말씀하셨다.

"나는 무엇보다 우리가 '걱정의 연대기'에 빠져 있는 게 가장 큰 문제인 것 같아요."

말씀인즉, 우리나라 사람은 10대는 진학 때문에, 20대는 취업 때문에, 30대는 혼인과 출산 때문에, 40대는 자녀의 진학 때문에 고민하게 된다고 했다. 그런 고민들이라면 다른 나라들 역시 그렇지 않으냐고 묻자, 무엇보다 그런 고민을 계속 되풀이하는 게 문제라는 것이다.

즉, 50대는 자녀의 취업 때문에, 60대는 자녀의 혼인 때문에, 70대는 자녀의 출산 때문에 근심하게 된다고. 고령화 사회에 진입하고, 노인들의 평균 수명이 늘어남에 따라 걱정의 연대기는 첫 번째 턴을 넘어 두 번째 턴을 맞이하고 있다.

70대 후반은 손주들의 진학 때문에, 80대는 손주들의 취업과 혼인 때문에 걱정을 하고 잔소리를 입에 달고 사는 나라가 되어 버렸다.

그래도 듣는 사람의 입장에서, 평상시 얼굴을 맞대고 사는 부모님이나 할머니의 잔소리는 그동안 먹여 주고 입혀 주고 재워 준 보답으로 듣고 있을 만하다. 게다가 진심까지 느껴져서 들을 때는 짜증 나고 불편하기도 하지만, 또 한편으로는 고맙기도 한 애증의 대상인 게 사실이다.

그러나 명절이나 집안 대소사에 한두 번 얼굴을 마주 보는 친지들의 '자비로운 걱정을 빙자한' 잔소리는 참기 여간 힘든 것이 아니다. 실제로 결혼정보회사 듀오가 최근 3년간 실시한 설문조사 결과, 응답한 미혼 남녀의 30.1%가 명절마다 겪는 가장 큰 스트레스 요인으로 '취업' '결혼'에 대한 친지 어른들의 '잔소리'를 꼽았다 (2018년 조사 기준).

추석날 얼굴 마주 보기가 무섭게 "네가 올해 몇 살이지?"로 시작해, 내 나이가 몇 살인지 잘 모를 만큼 평상시 나에 대해 생각도 하지 않고 살았음에도 불구하고 뻔뻔하게 '네 사정 다 안다'는 듯이 직장은 어디가 번듯하고, 결혼은 어떤 사람이랑 몇 살이 넘기 전에 해야 하며, 아이는 또 언제 낳는 게 제일 좋고, 그것도 몇 살 터울로, 아들이 먼저인 게 좋은지 딸이 먼저인 게 좋은지 순서까지 정해서 맞춤형 잔소리를 늘어놓는다.

싫은 내색을 할 수는 없고, 그렇다고 마냥 같이 있기도 뭣해서 문 닫고 방에 들어가 있으려 치면 "저러니 남자친구가 없지"라거나 "애가 저렇게 사교성이 없어서 사회생활은 제대로 하겠느냐"며 이제는 아예 대놓고 걱정을 빙자한 비난을 퍼붓기까지 한다.

그렇다면 도대체 왜 대한민국의 친척 어른들은 이렇게 뻔뻔하고 무례한 사람들이 되었을까? 또 남자보다 여자 조카에게 특히 더 뻔뻔하고 무례한 잔소리를 늘어놓게 된 것일까?

약 20년 전 혼자서 몇 달간 배낭여행을 다니던 때의 일이다. 이탈리아 로마를 출발해 밀라노와 토리노, 그리고 스위스의 몇몇 도시를 거쳐 오스트리아 빈으로 향하는 인터시티 열차를 타고 가는 길이었다. 철로 변 자연 풍경이 아름답기로 유명한 노선인지라 열차에 올라타서 자리를 차지하면 곧바로 배낭을 베고 곯아떨어졌던 평상시와는 달리 열차 복도로 나왔다. 딜리는 차창에 기대서 저무는 유럽의 석양을 만끽할 요량이었다.

고개를 살짝 돌리자 열차 통로의 바로 옆 차창에 중학생 정도의 여자아이가 나처럼 창밖을 보고 있는 모습이 눈에 띄었다. 인사를 건네자 아이는 밝게 받아 주며 오스트리아 사람이라고 했다. 심심하던 차에 독일어 연습도 할 겸 잘됐다 싶어 되지도 않는 발음으로 이런저런 말을 건넸다.

아이도 심심했던지 난생처음 보는 동양의 이방인과 이탈리아 국경을 넘어설 때까지 말동무가 되어 줬다. (실제로 그 아이는 내가 이야기를 나눠 본 첫 번째 한국인이라고 했다.)

한참 이야기를 나누다 보니 문득 걱정이 되어 물었다. "그런데, 너무 오랫동안 밖에 나와 있는 것 같은데, 자리로 돌아가야 하지 않을까? 부모님들이 걱정하실 텐데……."

그러자 아이는 웃으며 답했다. "걱정하실 거예요. 아마도 잘츠부르크의 통근열차 안에서요."

순간 잘못 들었나 싶었다. 하지만 아이는 정확히 얘기했고, 나 역시 정확히 들은 것이었다. 아이의 숙모가 이탈리아 토리

노 근교의 베나리아 레알레$^{Venaria\ reale}$라는 마을에 사는데 최
근에 조금 편찮으셨단다. 그래서 병문안 겸 엄마의 심부름을
하려고 숙모님 댁에 들러 며칠 머물다가 집으로 되돌아가는
길이라 했다. 부모님은 일이 바빠 출발하는 날 역에 데려다줬
을 뿐, 동행하지는 않았고 내일 오전에 잘츠부르크역으로 마
중을 나올 거라고 했다.

말이 쉬워 숙모 병문안을 다녀오는 길이지 아이가 거쳐 온
길은 이탈리아 북부, 스위스 동남부, 오스트리아 서북부를 거
치는 도합 1600킬로미터에 가까운 먼 길이었다. 3개국을 거
쳐야 하고 두 번의 국경을 넘어야 하는 여정. 그런 길을 열네
살짜리 여자아이 혼자 갔다 오는 길이라는 얘기에 난 그만
벌린 입을 다물 수가 없었다. 지금까지 생생하게 기억하고 있
는 것도 바로 그 때문이다.

석양에 붉은 빛으로 물들었던 하늘은 칠흑 같은 어둠으로 변
해 있었고, 기차는 어느새 이탈리아 국경을 넘어 스위스 땅으
로 들어섰다. 그때까지도 나와 아이는 열차 복도에 서서 상대
에게 자기 나라를 소개하며 끝없는 대화를 나누고 있었다.

이야기는 즐거웠지만, 그렇게 이야기를 나눌수록 뭔가 가슴
한구석이 서늘해졌다. 당시에는 그 느낌이 정확히 어떤 것인
지, 왜 그런 느낌이 들었는지 이해할 수 없었다. 그것을 이해

할 수 있게 된 것은 그로부터 무려 8년이 지나고 나서였다.

고모님의 칠순 잔칫날이었다. 그날 마침 대학 졸업반인 조카 녀석도 오랜만에 가족행사에 참석한 참이었다. 친척들은 서로의 건강과 안부를 묻고, 이런저런 이야기를 나누게 되었는데, 어떻게 하다 보니 조카의 진로 역시 이야기의 주제 중 하나가 되었다.

그런데 대학 졸업을 앞둔 조카가 1년 정도 휴학을 하고 여행을 다녀오겠다는 이야기를 꺼내자, 갑자기 모든 이야기의 초점은 조카의 '무모한 여행'에 맞춰졌다. "그냥 얌전히 공부 마치고 졸업이나 하지 왜 휴학을 하려고 그러느냐"부터 "다 큰 처녀가 혼자 외국 여행을, 그것도 장기간 다녀오겠다는 것이 말이 되냐" "외국 여행 한답시고 밖으로 돌면 괜히 겉멋만 들고, 말 나온다" 등등 온갖 걱정과 충고가 난무했다.

"그래 한번 가 봐! 그때 아니면 또 언제 여유 있는 일정으로 세상을 돌아보겠어?"라는 응원과 격려의 말을 한 것은 나 하나였고, 덕분에 나까지도 도매금으로 걱정과 충고, 그리고 비난의 대상이 되어 버렸다.

그러나 나에게는 특별한 사건이었던 이 일을 우리의 청춘들은 수시로 겪고 있고, 특히 그 잔칫날의 내 조카를 비롯한 젊은 여성들은 더 자주, 더 강하고 노골적인 참견을 당연한 듯

들고 있다. 명절이면 "다음 명절 전에는 임자 데리고 올 거
야?" 생일이면 "나이 더 먹기 전에 결정해야 한다. 아무리 늦
게 결혼하는 시대라 해도, 30대 중반 넘어가면 값이 확 떨어
져"라는 무례한 이야기를 "그래도 남이 아니니까 해 주는 얘
기야" "나중에 알게 될 거야, 그때 어른들 말씀 들을걸 후회
한다"는 양념까지 곁들여 마구 쏟아붓고 있다.

그나마 우리 청춘들이 아직은 순하기만 하고, 젊은이와 나이
든 사람 사이(특히, 친족 관계일 경우)에는 평등한 토론이라는
것이 존재하지 않는다는 상식이 굳건하게 자리 잡고 있는 터
라, 뭐라고 한마디 반박도 못 하고 그저 선택한 답안지가 그
자리를 피하는 것이 됐다.

흔히들 이야기한다. 지구상에 존재하는 포유류 중 태어나자
마자 자기 발로 일어서지 못하는 유일한 동물이자, 가장 늦게
까지 독립하지 못하고 부모의 도움을 받으며 생육하는 동물
이 바로 인간이라고. 그중에서도 21세기의 한국인만큼이나
늦게 자기 발로 일어서고, 늦게 부모로부터 독립하는 민족도
드물다고.

그러나 이 이야기는 틀렸다. 더 정확하게는 21세기의 한국인
만큼이나 젊은 세대를 자기 발로 일어서지 못하게 늦게까지
부모가 붙잡고 사는 민족이 드문 것이다.

잠깐 쉬었다 타라고 아무리 소리를 질러도 돌아올 생각을 하지 않던 딸의 자전거는 "지금 안 오면 아이스크림 다 녹아 버린다"는 낮고 조용한 말 한마디에 신속하게 복귀했다. 아이스크림의 포징을 벗겨 딸의 입에 물려 주고 그동안 쉬고 있던 아이에게 "아저씨가 잡아 줄 테니 자전거 다시 한 번 타 볼래?"라고 말을 걸었다.

잠시 머뭇거리더니 아이는 타겠다고 나섰다. 아이를 안장에 앉히고 그 뒤를 단단하게 잡았다.

"아저씨, 손 놓으면 안 돼요!"

"응, 알았어. 걱정하지 마. 꽉 붙잡고 같이 뛸 테니 너는 페달만 신나게 밟아."

"네."

아이는 페달을 힘차게 밟기 시작했고 나는 뒤를 쫓아 달리며 큰 소리로 외쳤다.

"그렇지. 잘하네. 계속 밟아! 잘하네!"

그 네 마디를 하고 나서는 나는 손을 놓아 버렸다. 아이가 탄 자전거는 씽 하고 저만치 달려 나갔다. 아이가 잘 못 타니까 넘어지는 게 걱정돼서 아빠가 손을 놓지 못했던 게 아니었다. 아빠가 손을 놓지 않으니 아이가 넘어질까 봐 겁이 나서 자전거를 혼자 못 탔던 것이다.

딸, 앞으로 네 앞에는

너의 존재가 아닌 너의 몸만을 원하는 이들이

수시로 등장할 거야.

때로는 젊고 잘생긴 청년의 모습으로,

때로는 친절하고 인자한 노인의 모습으로······.

그럴 때, 이렇게 외쳐 보자.

"당신의 몸이 나의 것이 아니듯,

나의 몸은 당신의 것이 아닙니다.

나는 내 몸의 온전한 주인이 되기 위해

나의 모든 것을 걸 겁니다!"

인류가 살아오면서 과거부터 현재까지 변치 않고 믿어 온(지
켜 온) 진리 또는 원칙은 몇 가지가 안 된다. 그중에서도 전 세
계 수많은 인류가 단 한 치의 의심도 하지 않고 믿으며, 그를
통해 수많은 진리를 도출해 낸 추리의 원칙이 있다.

이름하여 '삼단논법'이라고 하는 것이다. 가장 유명한 '삼단논법'의 예는 '모든 사람은 죽는다, 소크라테스는 사람이다, 그러므로 소크라테스는 죽는다'다. 사람에 따라서는 다방면에 재능이 있었지만 철학자에 가까운 'ㅗ그리대스'를 역시 다방면에 재능이 있었지만, 과학 기술 분야에 업적이 많았던 '아리스토텔레스'로 바꿔 말하기도 한다. 역시 아리스토텔레스를 주어로 삼는 이들은 대부분 이과생들이다.

그런데 그에 못지않게 유명하고 또 익숙하면서, 실제로 삼단논법으로 만들어 보면 뭔가 말이 되지 않는 사례가 하나 있다. 자, 다음을 살펴보자.

'여자는 보잘것없다.'

'어머니는 위대하다.'

'따라서 어머니는 여자가 아니다.'

어떤가? 제대로 된 삼단논법으로 보이는가? 논리의 전개를 이해할 수 있는가? 사실, 논리의 전개 그 자체로만 치면 거의 완벽한, 아무리 살펴봐도 오류가 보이지 않는 제대로 된 삼단논법 전개가 맞다. 그러나 내용과 그에 담긴 의미는 도무지 이해가 되지 않는, 도저히 수긍할 수 없는 문장이다.

그런데 우리는 이렇게 이해가 되지 않는 말들을 스스럼없이 내뱉어 왔다. 논리의 전개상으로는 완벽한 척하며……

수천 년간의 서양 철학사에서 가장 중요한 자리를 지켜 온 아리스토텔레스는 오랫동안 인간이 다다를 수 있는 자기계발과 학습, 성찰의 영역에서 가장 높은 자리까지 이른 최고의 천재였다. 적어도 15세기 이탈리아에 레오나르도 다빈치라는 희대의 천재가 등장하기 전까지는……

아리스토텔레스는 논리학과 철학, 역사학과 정치학은 물론 동식물 연구, 천체 관찰, 물리 실험 등 이 세상을 이루는 거의 모든 학문을 연구했다. 그 결과로 이후 인류가 발견 또는 발명하게 될 수많은 것의 토대가 되는 학문적 업적을 이룩했다. 앞서 이야기한 삼단논법을 체계화시켜 논리학의 가장 중심적인 논법으로 만들어 낸 이 역시 아리스토텔레스였다.

그런 대단한 천재였음에도 불구하고 그가 문외한이었던 분야가 있었으니 바로 '여성'이라는 존재에 대한 이해였다.

아리스토텔레스는 평생에 걸쳐 마케도니아 왕국에 자라나는 식물들과 동물들을 살피고 그 생장 모습을 기록했다. 특히 에게해에 서식하는 해양 생물 연구에 매진하여, 관련한 수많은 연구 결과를 남겼다. 그가 언제부터 생물학에 관심을 가졌는지는 알 수 없으나, 아무래도 의사였던 부친의 영향을 받은 것으로 보인다.

생물학 분야에 대한 그의 가장 대표적인 주장 중 하나가 생명체에는 위계질서가 존재하고 그렇기 때문에 지위가 높은 생명체와 낮은 생명체가 있다는 것이었다. 문제는 아리스토텔레스가 제아무리 천재라고는 하지만, 당대 과학 기술이라는 것이 생명체의 본질에 대해 제대로 연구할 수 있을 만큼 발달하지 못했다는 점과 그 불완전한 결과를 아리스토텔레스가 지나치게 맹신하여 '인간'이라는 생명체에까지 확대 적용했다는 점이다.

생각해 보면, 같이 밥을 먹던 친척 형이 왼손잡이라 왼손으로 밥을 먹는데 "왜 그렇게 밥을 먹느냐?"며 친척 아저씨에게 뒤통수를 맞고 먹던 밥그릇을 빼앗기는 모습을 눈앞에서 지켜보았던 것이 불과 20여 년 전의 우리 모습이었다.

이 오른쪽 우대 현상은 언제부터 시작된 걸까? 놀랍게도 그리스 문명에서부터 왼쪽보다 오른쪽이 더 우대를 받았다.

그리스인들 역시 왼쪽은 불의, 편견, 악행을 의미하고 오른쪽은 정의, 공정함과 공평함, 선행이 자리하는 곳이라고 생각했다. 아리스토텔레스는 (무슨 근거로 그렇게 얘기했는지 모르겠지만) 엄마의 배 속에서 수컷은 자궁의 오른쪽에, 암컷은 자궁의 왼쪽에 앉아 있다고 주장했다.

때문에 수컷은 완전한 반면, 암컷은 무언가 부족한 존재로 태어날 수밖에 없으며, 따라서 수컷이 우위에 있고, 암컷은 그보다 열등하다는 주장이었다. 이를 인간에게 적용시키면 태어날 때부터 아들이 딸보다 우위에 있으므로 위계를 인정해야 한다는 얘기다.

그렇다면 그 부실하고 문제가 있는 하등의 존재로부터 정의와 공정함, 공평함과 선행으로 충만한, 완전한 존재가 태어난다는 사실은 어떻게 설명해야 하는 걸까?

여성은 불완전하다. 그런 여성이 완전한 존재인 남성을 만나 결혼을 한다. 그런데 완전한 존재인 남성을 두고 굳이 또 불완전한 존재인 여성이 잉태를 담당한다. 완전한 존재는 제3자로 그 상황을 지켜만 본다. 불완전한 존재의 자궁 안 오른편 혹은 왼편에 완전한 존재 또는 불완전한 존재가 자리를 잡는다. 시간이 흘러 완전한 존재 또는 불완전한 존재가 태어난다. 이 무슨 병아리가 양념 반 프라이드 반 치킨 시켜 먹는 소리인 건지.

그러나 아리스토텔레스가 죽은 지 수천 년, 엑스레이가 발명된 지 130여 년, 전자 현미경이 발명된 지 90여 년이 지났음에도 불구하고 여전히 아리스토텔레스가 도끼로 나무 베고, 식칼로 물고기 배를 따서 들여다보고 대충 만들어 낸 속설을 굳게 믿고 있는 이들이 존재한다.

우리 집에서 반포종합운동장으로 가는 길은 서너 갈래가 있지만, 그중에서도 딸과 내가 가장 좋아하는 코스는 아파트 진입로를 걸어 내려가서 길을 건넌 뒤 반포천변을 따라 난 산책로로 걸어가는 길이다.

그 코스는 시니 개의 길태 중 가장 동선이 복삽해서 시산이 오래 걸리긴 하지만, 그럼에도 불구하고 아이와 나는 세 번에 두 번은 반드시 그 길을 따라 운동장으로 갔다.

이날도 우리는 자전거 타기 연습을 하려고 그 길을 따라 걷고 있었다. 앞쪽으로 중년보다는 노년에 가까운 부부가 산책을 하고 있었고, 그보다 더 앞에는 젊은 여성 둘이 재잘재잘 즐겁게 이야기를 나누며 걷고 있었다. 거리상 젊은 여성들이 나누는 얘기는 앞서가는 부부에게는 들리지만 나에게는 안 들렸고, 대신 부부의 이야기는 제법 잘 들렸다. 그렇게 세 쌍의 무리가 한참이나 간격을 유지하며 산책로를 걸었다.

앞서가던 노부부 중 남편이 먼저 말을 꺼냈다. "요즘에는 남자애들보다 여자애들이 더 목소리가 커." 그러자 부인이 맞장구를 쳤다. "요즘 남자애들은 여자애들한테 말싸움으로 못 이겨요." 다시 남편이 받았다. "그러다 결혼하고 남편이 받아오는 월급으로 살아 봐야 철이 들지."

부인은 가볍게 고개를 가로젓더니, "결혼한다고 철이 드나? 그리고 요즘은 다 맞벌이하는데"라고 말했다. 그러더니 뭔가 결정타를 날린다는 듯 단호한 목소리로 말했다.

"애를 낳아서 응급실에도 좀 뛰어가고, 눈물 콧물 쏟아 봐야 철이 들지."

그때였다. 내 옆에서 자기 자전거를 끌고 가던 아이가 '어?' 하고 외마디 감탄사를 외치더니 자전거를 내팽개치고 앞으로 달려 나갔다. 엉겁결에 크고 작은 자전거 두 대를 한 손에 한 대씩 나눠 잡고서 나는 딸의 이름을 불렀다.

그러나 아이는 이미 노년의 부부를 지나 그 앞을 걸어가던 젊은 여성들 역시 지나치고 있었다. 그러더니 아까는 미처 못 봤던, 훨씬 더 앞에서 서로 치고받으며 걸어가는 초등학생 무리와 뒤섞였다.

툭탁거리며 노는 폼이 원래부터 알던 사이 같았다. 서로 밀고 당기고 엎어졌다 일어나기를 반복하다 보니 아이들의 걸음은 점점 늦어졌고, 결국 뒤따라오던 젊은 여성들에게 따라 잡히고 말았다.

그런데 그때까지 '철없이' '목소리 크게' '떠들던' 젊은 여성 중 한 명이 뛰어노는 아이들의 머리를 쓰다듬었다. 다른 한 명은 아이들에게 "'너희 그렇게 장난치다가 또 다친다?"라며 잔소리를 늘어놓기 시작했다. 우리 집에서도 종종 들리는 딱 그 말투, 그 목소리 톤으로.

아이는 그런 젊은 여성 둘에게 꾸벅 인사를 했다.

"아줌마, 안녕하세요?"

인사를 나누는 사이 그들 역시 걸음이 늦어졌고, 다시 그들 무리는 뒤따라오던 노부부에게 따라 잡혔다. 노부부가 별다른 내색 없이 추월해서 지나가자 이제는 거의 멈춰 있다시피한 세 아이와 두 여성의 무리에 내가 합류하게 되었다.

알고 보니 딸과 초등학교 1학년 때 같은 반 아이들, 그리고 그 아이들의 엄마였다. 우리를 먼저 스쳐 지나간 노부부에 정신이 팔려 건성으로 인사를 나누고 난 뒤 내 시선은 곧 노부부를 좇았다. 그들은 처음과 같은 걸음걸이로 가면서 대화를 나누고 있었다. 모르긴 몰라도 또 다른 대화거리 혹은 사냥감을 물은 것이 틀림없었다.

"(젊은) 여자는 불완전한 존재지만, 어머니는 완벽한 존재다. 그러므로 어머니는 여자가 아니다."

이 말도 안 되는 삼단논법을 언제까지 듣고 있어야 하는 거지? 점으로 바뀌는 노부부의 뒷모습을 끝까지 바라보자 입가에 쓴 맛이 맴돌았다.

가족이라는
쓰리고 아픈 존재에 대하여

누군가의 남편이었던 사람이

왜 자신의 아내를 힘들게 하고,

그 아내의 아들을 불편하게 하고,

그 아들의 아내를 곤란하게 만드는 걸까?

누군가의 딸이었던 사람이

왜 자신의 딸을 아프게 하고,

그 딸의 딸을 눈물짓게 만드는 걸까.

왜 가족이라는 이름은,

누군가의 딸이자, 아내이자, 엄마에게만

이토록 냉정하고 가혹한 것일까?

딸과 내가 자전거를 타러 나가기 위해서는 몇 가지 넘어야
할 산이 있다. 그중에서도 가장 높고 험한 산은 '학습지'와
'학원 숙제'라는 두 개의 우뚝 선 봉우리다.
월요일과 목요일에 자전거를 타러 나가려면 화요일과 금요

일에 오는 학습지 선생님이 정해 준 페이지까지 문제를 다 풀어 놔야 비로소 밖에 나갈 수가 있었다. 나머지 요일에는 그날 해야 할 만큼의 학원 숙제를 마쳐 놓지 못하면 여지없이 꽝짜 마라였다. 물론 두 봉우리 모두 지기고 시시 감시하고, 재촉하는 사람은 딱 한 명뿐이었다.

나의 아내이자, 딸의 엄마.

퇴근을 하고 집에 들어와 옷을 갈아입기도 전에 딸이 현관에서서 "아빠! 자전거를 타러 나가자!"라고 졸라댔다. 나 역시 못 이기는 척 운동복으로 갈아입고 나서려는데, 저 멀리서 봉우리를 지키는 이의 목소리가 들려왔다.

"가긴 어디가? 너 숙제 안 해!"

그 목소리에 아이는 잠시 움찔했지만, 그래도 '아빠가 어떻게든 편을 들어 주겠지'라고 생각해서인지 막무가내로 현관 밖으로 나가 자기 자전거와 헬멧을 챙기기 시작했다.

다시금 성문을 지키는 수문장이 짜증을 내기 시작했다. 이전보다 몇 옥타브 올라간 음성이었다. 아이는 목소리가 들려오는 쪽과 나를 번갈아 쳐다보더니 이내 울음을 터뜨렸다.

"엄마는 맨날 나만 못 살게 굴고, 나만 괴롭혀!"

그런데, 이 이야기 참 익숙하다. '가족'이라는 이름으로 '가족'을 이루는 '가족'들이 서로를 힘들게 하고 괴롭힌다는 그 얘기들······.

1997년이었던 것 같다. 우리에게 있어 일반적인 종교와 같이 거의 신성불가침의 영역이었던 '가족'에 대해서 이전과 조금 다른 이야기를 꺼내기 시작한 것이.

그해, 일본 가나가와현에 사는 한 젊은 여성 작가가 116년 전통에 빛나는, 일본 최고의 문학상 중 하나인 아쿠타가와상을 수상했다. 그의 이름은 유미리, 대한민국 국적을 유지하고 있던 재일교포 문학도였다.

그 무렵 한국과 일본 간의 갈등은 최고조로 치닫고 있었다. 1995년 11월, 일본 총무청 에토 다카미 장관이 한 "식민지시대에 일본이 한국에 좋은 일도 했다"라는 발언으로 한국 내 여론은 들끓었다. 당시 삼풍백화점 붕괴, 대한항공 801편 괌 추락, 시프린스호 침몰, 대구 지하철 공사장 가스폭발 등 이러저러한 사고로 인기가 급락하고 있던 김영삼 대통령은 장쩌민 국가 주석과의 정상회담 직후 이루어진 기자회견에서 외교적으로는 물론 일반인들의 대화 중에도 여간해서는 사용하지 않는 단어를 써 가며 일본을 맹비난했다. 지금까지도 회자되는 바로 '그 이야기'였다.

"이번 기회에 일본의 버.르.장.머.리.를 고쳐 놓겠다."

김 대통령의 발언에 이번에는 다시 일본 정가, 언론, 여론이

뒤집어졌다. 때문에 당시 한일 관계는 서로 총과 대포만 쏘지 않았을 뿐이지 전시 상황이나 다름없었다. 어느 정도였느냐면, 당시에는 일본 입국 시 비자를 받아야 했고, 관광 목적의 경우에도 최대 체류 기간이 14일이었다. 그마저 간혹 발급 거부를 당하는 경우가 있었는데, 1997년에는 그 비율이 급격히 높아졌다.

특히 비자 발급을 담당하는 일본 대사관 인근에서 '젊고 예쁜 여성'은 비자 발급률이 절반을 겨우 웃돈다는 이야기가 나돌 정도였다. 헛소문이라 생각했는데, 마침 그 무렵 나와 와이프가 동시에 일본 비자를 신청했으나 와이프만 두 차례 퇴짜를 맞았다.

아무튼 그런 살벌한 분위기에 무수한 차별을 이겨 내며 불과 스무 살의 나이에 쟁쟁한 일본인 작가들을 제치고 최고 권위의 일본 문학상을 탔다는 것. 그것도 일본어 작품으로 수상했다는 소식은 그야말로 '쾌거'였다. 국내 무수한 매체의 기자들이 그의 집으로 몰려갔고, 방송국에서는 유미리 작가의 일대기, 성장 배경, 작품 세계 등을 다룬 특집 프로그램을 연이어 방송했다.

재일교포였기에 어렸을 때부터 일본인 동급생들로부터 집단 따돌림을 당하고, 수차례 자살 기도까지 했으며, 결국 자퇴하고 말았다는 인생 역경은 일본 내 재일 한국인들의 지위 문제까지 맞물려 엄청난 반향을 일으켰고, 그가 상을 받자 '조센징 주제에 일본 최고의 문학상을 도둑질해 갔다'는 협박성 편지가 쇄도했다는 뉴스 보도는 반일감정과 맞물려 여론에 불을 질렀다.

가만히 두면 유미리 작가는 김수녕(88올림픽 여자 양궁 금메달리스트), 현정화(88올림픽 여자 탁구 복식 금메달리스트)와 나란한 반열에 오를 듯했다. 그런데 정작 유 작가에게 아쿠타가와상 수상의 영광을 안겨 준 그 작품《가족 시네마》에 대한 분석 기사는 없었다. 아니, 대부분의 사람이 그저 '일본 놈들을 제치고' 상을 탄 것에만 집중할 뿐, 상을 탄 작품이 어떤 주제로 어떻게 씌어 있기에 높은 평가를 받았는지에 대해서는 별 관심이 없었다.

그러나 국내 판권을 사들인 우리나라 출판사에서《가족 시네마》의 한글 번역본이 출간되고, 책의 상세한 내용이 알려지자 많은 사람이 당황하기 시작했다. '재일 한국인으로서 여러 가지 어려움을 겪었지만, 가족들의 따스한 사랑과 배려로 행복하게 잘 살았답니다' 유의 동화 같은 교훈적인 이야기를 기대했던 사람들에게 일단 '어떤 수단과 방법을 써서라도' '가족에게서 벗어나고 싶은' 주인공부터가 충격이었다.

조금은 별난 가족으로부터 독립해 화훼업체에 근무하며 살아가는 주인공 모토미가 성인영화 배우인 동생 요코의 제안으로 다큐멘터리영화 촬영에 참여하게 되면서 벌어지는 일이 소설의 전반적인 내용이 있는데, 에피소드 하나, 등장인물들에 대한 묘사나 그들 간의 대화마다 기존의 전통적인 가족관계에 대한 회의와 조롱, 불편한 감정들이 대롱대롱 매달려 있었다.

책의 제목은 '가족 시네마'였지만, 시네마의 내용은 판타지나 로맨틱 코미디가 아닌 스릴러와 부조리극에 가까웠다.

책을 읽은 많은 사람이 혀를 끌끌 찼다. '일본이 어쩌다가……'라며 오지랖 넓게 걱정하는 사람부터, 일부 일본 사정에 밝은 사람들을 중심으로 1980년대 버블 경제가 무너진 뒤, 일본인들이 집단 상실감에 휩싸여 전통적인 가족관계가 붕괴되었다는 제법 논리적인 해석을 내놓은 이들도 등장했다. (당장 이 해에 IMF 구제금융신청 사태를 맞은 우리는……?)
아무튼, 《가족 시네마》의 내용이 우리에게 준 충격은 대단…… 할 뻔했다. 그러나 생각보다 그 여파는 크지 않았고, 또 오래가지도 않았다. 《가족 시네마》의 인기가 시들해졌다거나, 그에 대한 관심이 줄어들어서 그런 것만은 아니었다. 그보다는 작품에 등장하는 인물들이나 그들의 생각, 가족 구성원 간에 오가는 대화들이 한국 가족 사이에서는 발견하기 어렵거나 동떨어진 게 아니라는, 그래서 대단히 놀라운 현상이 아니었다는 것을 깨닫게 된 것이다.

이미 1997년도에는 《가족 시네마》의 한 장면과도 같은 모습들이 우리네 가족 안에서 벌어지고 있었다. 가족에게서 소외받고 머물 자리도, 존재감도 점점 잃어 가는 가장, 가족을 보호하고 유지하는 짐들을 죄다 짊어지고 하루하루 자기의 이름을 잊어 가는 남편과 아내, 서로가 서로에게 의지가 되기보다는 경쟁자가 되고 때로는 약탈자가 되어 버린 형제자매, 가족이라는 울타리에서 하루라도 빨리 벗어나는 것이 지상 최대의 목표가 된, 그러면서도 가족이라는 (특히, 부모라는) 존재가 주는 경제적, 사회적 지원은 마다할 수가 없는 자녀.
그들이 만든 드라마가 1990년대 말 대한민국의 수많은 가정에서 날마다 개봉되고 있었다.
물론 이제 그 '시네마'의 주인공들도 나이가 들었다. 가족으로부터 탈피하고자 몸부림쳤던 자녀들이 이제는 가정을 이루고 지켜 나가야 하는 가장이 되었고, 또 다른 세대가 젊은 구성원을 이루게 되었다. 유교적 세계관에 기반을 둔 전통적 가족관의 틀 안에 존재했던 '시네마'의 배경 역시 여러 차례의 사회적, 시대적 변화를 겪으며 이제는 전혀 다른 스튜디오와 무대에서 펼쳐지고 있다. 그럼에도 불구하고 여전히 '가족이 가족을 힘들게 만드는' 일들은 우리의 가정에서 빈번하게 벌어지고 있다.

몇 차례, 자전거를 타러 갈 때마다 《가족 시네마》와도 같은 한판 논쟁과 활극을 겪고 난 뒤, 뭔가 조치를 취해야 할 것 같다는 생각을 했다. 저녁식사를 빙자해 세 사람이 모두 모이는 가족회의를 소집했다. 주인공인 딸과 다른 주인공인 와이프의 이야기 모두 일리가 있었다.

룰을 정하기로 했다. 딸은 시키지 않아도 알아서, 하고 싶을 때 학습지 숙제를 하기로 했다. (사실, 이 무렵만 하더라도 이게 지켜질 가능성이 눈곱만큼이라도 있는 건지 도저히 믿음이 가지 않았다. 하지만 본인이 할 수 있다고 하니, 그렇게 하라고 할 수밖에 없었다.)

엄마는 학습지 숙제를 다 했는지 안 했는지 더 이상 검사를 하지도, 재촉을 하지도 않기로 했다. 대신, 앞으로 학습지 선생님에게 물어봐서 숙제를 안 했다는 것이 밝혀지면 자전거를 한 번 못 타고, 세 번 이상 연속으로 발견되면 자전거를 아예 팔아 버리기로 했다.

아빠 역시 술자리 약속 등을 조정해서 학습지 숙제를 해야 하는 월요일과 목요일에 '자전거 타러 가자!'며 평온한 일상에 불을 지르는 언동은 하지 않기로 했다. 엄마라서, 아빠라서, 딸이라서가 아니라 엄마로서 지키기로 한 룰이니까, 아빠로서 지키기로 한 룰이니까, 딸로서 지키기로 한 룰이니까 그렇게 하기로 했다.

추신. 다행히 이날 우리가 세운 룰은 딸이 두 번, 아빠가 두 번 어긴 걸 제외하고는 현재까지 제법 잘 지켜지고 있다. (물론, 엄마는 그다음 주에 바로 룰을 깨고 홀로 '시네마'를 찍고 계신다.)

풀벌레는 들쥐를 피해 다니고

들쥐는 살쾡이를 피해 다니며

살쾡이는 표범을 피해 다니고

표범은 코끼리를 피해 다닌다.

우리는 그들을 일컬어

동물의 왕국이라고 한다.

자전거는 승용차를 피하고

승용차는 승합차를 피하며

승합차는 트럭을 피하고

트럭은 중장비를 피해 다닌다.

우리를 뭐라고 일컬을 것인가.

매뉴얼-7

짐승들만이 질주하는
세상의 길 위로 나서는 당신에게

딸,

지금도 그렇지만, 앞으로 네가 나서야 할 길에서

네 성씨와 상관없이, 혼인 여부와도 상관없이

너는 '김여사'로 불리게 될 거야.

그렇게 너를 부르는 이들에게 이렇게 말해 주자.

"까불지 마, '김사장'. 내 이름은 OOO야!"

라고 말이지.

물론, 못 알아들어 처먹는 녀석들이 많겠지만······.

내가 운전을 처음 배우고 길 위에 나섰을 때 나에게 가장 큰 공포의 대상은 택시였다. 능숙한 운전 솜씨로 내 앞을 갈지자로 활보하고, 때로는 승객을 태우기 위해 급정거해 간담을 서늘하게 하며, 정작 내가 끼어들어야 할 때는 경적과 고함으로 위협하는 택시.

그런데 차를 두고 택시를 탈 때마다 느낀 게 하나 있었다. 그들에게도 천적은 있다는 것. 바로 시내버스였다. 택시가 승객을 태우거나 내려 주려면 부득이하게 버스 전용차선에 들어가야 하는데, 그럴 때마다 시내버스는 경적과 상향등을 번갈아 발사하며 그들을 위협했다. 어느 버스는 그 거대한 차체를 이용해 택시의 이동을 가로막기도 했다.

그렇게 버스를 도로 위의 승자라고 인정하게 될 때쯤 내 눈에 새로운 강자가 들어오기 시작했다. 덤프트럭이었다. 제아무리 버스라 할지라도 덤프트럭이 거친 숨을 몰아쉬며 언덕길을 뒤따라 달려오기 시작하면 버스조차 움찔하는 것이 느껴졌다. 온몸이 무쇠덩어리로 만들어져, 만일 부딪히기라도 한다면 법적 책임을 따지기에 앞서 생명이 위험에 처할 수도 있겠다는 생각이 들었다.

이후 20여 년간의 내 무사고 운전 기간 위협 1순위는 덤프트럭이었으며, 도로 위에서 덤프트럭을 만나기라도 하면 세렝게티 초원에서 사자를 만난 가젤처럼 슬그머니 속도를 내 그들의 시야에서 벗어나기 위해 안간힘을 썼다.

나의 무사고 운전 경력이 12년하고도 4개월에 접어들 무렵 와이프가 운전면허를 취득했다. 그러나 운전은 하지 못했다. 면허를 따고 나를 면허 시험장까지 태워다 준 친구의 차 운전대를 빼앗아 집까지 몰고 왔던 나와는 사뭇 달랐다. 결국 나보다 먼저 시도한 모든 이가 말린 '그것', 와이프에게 도로 주행 연수를 시켜 주는 남편이 되기로 했다.

우리의 첫 도로 주행 연습 코스는 한적한 아파트 단지 뒤에 있는 이면 도로였다. 올림픽대로가 막힐 때 우회하기 위해 빠져나온 (주변 지리에 밝은) 몇몇 차만이 이용하는 길이었기에 주행 연습에는 안성맞춤이었다.

그러나 내가 잠깐 한눈을 파는 사이에 와이프는 우리가 탄 차를 올림픽대로 한복판 위에 올려놓았다. 시동을 켜면 자동으로 켜지는 내비게이션이 문제였다. 와이프는 목적지를 내 사무실로 입력해 놓은 내비게이션의 음성을 충실히 따른 것이었다. 그 길로 5킬로미터는 더 달려가야 빠지는 출구가 있었다.

그러나 그때는 몰랐다. 그 5킬로미터를 시속 55킬로미터로 달리는 그 몇 분이 내 인생에 가장 긴, 그러면서도 한시도 긴장감을 놓을 수 없었던 다이내믹한 승차의 경험이 될 줄은…….

와이프는 내비게이션의 지시에 맞춰 정확한 타이밍에 방향 지시등을 켜고 차선을 변경했다. 뒤로는 덤프트럭 한 대가 오고 있었다. 평상시의 나라면 들어서지 않았을 차선이었다. 그러나 와이프는 당당하게 들어섰고, 덤프트럭이 '움찔'했다. 대형 트럭 특유의 그 부리부리한 상향등이 쉴 새 없이 번쩍였고 진군의 나팔 소리와도 같은 경적이 한강 변에 우렁차게 울려 퍼졌지만, 와이프는 거침이 없었다.

이번에는 트레일러 한 대가 끼어들겠다고 방향 지시등을 깜빡이면서 옆 차선으로 들어오는 것이 보였다. 역시 평상시의 나였으면 구시렁거리면서도 피해 줬을 차였다. 그러나 '4차로로 직진하세요'라는 내비게이션의 지시에 따라 지켜야 할 차선이었으므로 와이프는 꿈쩍도 하지 않았다. 결국, 트레일러가 속도를 줄여 우리 차의 뒤로 접어들었다.

그렇게 다이내믹한 주행 연습을 마친 뒤, 나는 도로 위의 먹이사슬도를 다시 그려야겠다는 생각을 했다.

내가 모는 차 < 택시 < 버스 < 대형 트럭 <<<<<<<<<< 와이프가 모는 차

물론, 먹이사슬 이야기는 농담이다. 안전과 생명을 위해서라도 이러한 상황이 벌어져서는 안 된다. 그러나 수많은 사람의 머릿속 고정관념에는 이러한 먹이사슬이 확고하게 자리 잡고 있다. 그리고 그 정점에 위치한 이들을 부르는 이름 역시 하나로 정해져 있다.

'김여사'

구독자 경쟁이 치열한 유튜브에서 올렸다 하면 기본 이상의 구독자를 확보하는 영상 카테고리가 있다. 제목에 '김여사'라는 단어가 들어가는 제목의 영상들이다. 여성 운전자가 사고를 내거나 주차를 못해서 헤매는 모습 등을 담은 영상들인데, 생각보다 많은 이가 이런 영상에 관심을 갖고 즐겨 보며, 일부 영상들은 구독자 숫자에서 상위권을 차지할 정도로 인기를 끌고 있기도 하다.

사실, 여성이 남성보다 운전을 잘한다는 근거도 없지만 그렇다고 운전을 더 못한다는 과학적인 근거도 없다. 여성 운전자가 남성 운전자에 비해 사고를 더 잘 낸다거나, 주차선에 똑바로 차를 잘 대지 못한다고 할 만한 과학적인 통계 결과 따위도 없다. 일반적으로 (특히, 대한민국의 경우) 실제 운전하는 사람 중에는 남성보다 여성 운전자가 적은 편이고, 여성 운전자의 경우 장거리나 혼잡한 도심 운행보다는 주로 통근 목적의 단거리나 집 근처 운행을 하는 이들이 많기에 사고와 관련한 통계 자체가 큰 의미가 없는 경우가 대부분이다.

그럼에도 불구하고 도로교통공단의 발표를 살펴보면 교통사고 가해자의 성별 비율은 남성이 78.4%, 여성이 19%다. 어떤 이는 남성 면허 소지자가 월등하게 높기 때문이라고 항변할 수 있겠지만, 실제 면허 소지자 비율은 남성이 59.4%,

여성이 40.6%고, 무면허 운전을 한 비율은 남성이 무려 92.3%다(2015년 발표 기준). 한 도로교통공단 관계자는 "여성 운전자는 차량 측면 충돌이나, 제동 실수로 횡단하는 사람을 치는 등 운전 미숙에 따른 사고가 많지만 남성은 중앙선 침범, 안전거리 미확보로 인한 추돌 등 대형사고가 많다"고 밝히기도 했다.

그런데도 '운전 미숙'이라는 단어, 영상, 상황을 발견하면 입버릇처럼 '김여사'을 떠올리고 그 단어를 입에 올리게 되는 이유에는 이른바 '인지적 지름길Cognitive Shortcut'이라고 불리는 인간의 심리적 특성에 영향을 받기 때문이다.

우리 인간은 어떠한 자극을 받게 되면 그를 해석하고, 그다음 어떠한 대응을 할지 결정한다. 예컨대 회사 내에서 복도를 오가다 인접 부서 임원을 만났을 때 다음과 같은 일련의 사고를 한 뒤, 의사결정을 내린다.

어라? 상무님이 오고 있네?

▼

저 상무님은 나보다 나이가 많지

▼

게다가 올해 전무 승진을 앞두고 있는 능력자지

▼

그러나 우리 부문 상무님과는 미묘한 경쟁관계에 있지

내 얼굴과 이름을 모를 가능성이 크지

하지만, 만일 내가 인접 부문 직원인 걸 알고 있다면, 버릇없다고 하겠지?

인사를 할까 말까?

안 했을 때 욕먹는 것보다는 겸연쩍더라도 하는 게 낫겠지?

그래 까짓 거 인사하자!

결론을 내리면, 내 몸의 근육에 '(반가운 척) 웃어!' '그리고 고개를 숙여!'라는 명령을 내리고, 그에 따라 나는 상대에게 공손하게 인사를 건네게 된다.

그러나 이러한 프로세스는 시간이 많이 걸릴 뿐 아니라 뇌로 하여금 불필요하게 많은 에너지를 소모하게 만들고, 그것은 '최소한의 에너지를 활용해 최대한의 효율을 내는 것'에 익숙한 현대인의 본성에 맞지 않는다. 이렇게 인간은 본능적으로 최적의 지름길을 선택하도록 프로그래밍이 되어 있다. 그것이 바로 '인지적 지름길' 또는 '인지적 성향'이다.

상무님이 오고 있네? ▶ **인사하자!**

그런데 이렇게 인지적 지름길을 이용하는 것이 우리에게 늘 유익한 것만은 아니다. 함께 사는 가족이나 같이 일하는 직장 동료, 같은 공동체에서 생활하는 사회의 다른 구성원들에 대해 갖게 되는 선입관과 오해, 그로 인한 편견이나 차별 등은 바로 그 '인지적 지름길'을 선호하는 성향에 의해 발생하는 경우가 대부분이다.

사람에 따라 운전이 미숙한 이유는 다 다르다. 나이가 어리고 운전 경력이 짧아 상황 대처 능력이 떨어져서일 수도 있고, 해당 지역이 초행길이라 서툰 것일 수도 있다. 처음 운전을 배울 때 그렇게 배워서 다소 느긋하게 출발하고 천천히 달리는 것이 버릇이 되었을 수도 있고, 혹은 전날 늦게까지 야근을 하다 보니 피곤해서 반응이 느려졌을 수도 있다.
길에서 마주치는 운전이 서툰 사람은 그런 다양한 요인에 영향을 받고 있는 것임에도 불구하고 만일 운전자가 여성인 것을 확인하면 다른 모든 요인은 싹 거두어 버리고 사람들은 이 한마디를 내뱉는다.
'김여사.'

딸은 이제 자전거를 타고 반포종합운동장을 벗어나 나와 함께 한강 둔치 자전거 전용도로를 달릴 수 있게 됐다. 간혹 반포종합운동장에 갈 때도 자전거를 끌고 가는 것이 아니라 길 한편을 달려 그곳까지 간다.

이렇게 몇 년이 지나면 딸은 자전거가 아닌 자동차를 몰고 도로 위로 나서게 될 것이고, 무수한 사람들에게 자신의 원래 것이 아닌 '김 씨'라는 성씨를 부여받게 될 것이다.

문득 마음이 급해졌다. 이 아이가 커서도 여전히 '김여사'라고 불리는 세상을 맞이하지 않기 위해서는 지금부터 많은 것이 달라져야 한다는 생각에.

세상 가장 쓸모없는 표지판

딸,

도로 위를 달릴 때는 각별히 조심해야 할 것이 하나 있어.

그건 바로 '도로 표지판'이야.

모두가 함께 지키기로 한 약속을 표시해 놓은 알림판이거든.

불편하더라도 꼭 지켜야 해.

딸,

앞으로 살아가며 각별히 조심해야 할 것 또 하나 있어.

그건 바로 '여성 금지'라는 표지판이야.

모두가 지키기로 한 적 없음에도 불구하고

세상 여기저기에 걸려 있지.

그건 지킬 필요가 없을뿐더러

보이는 족족 '감히' 뽑아내야 해.

"감히, 어디서⋯⋯!"

조선시대를 배경으로 한 사극에서나 나올 법한 대사가 21세기 서울 한복판, 그것도 외국인이 많이 살기로 우리나라에서 세 손가락 안에 드는 서래마을 대로변에 울려 퍼졌다.

소리 나는 방향으로 고개를 돌려 보니 차량 두 대가 좁은 골
목길에서 서로 얼굴을 맞댄 채 서 있었다.

이 골목길은 평소에도 좁은 도로의 양 끝에서 여러 대의 차
량이 들어오나 수시로 옴싹날싹 못 하는 대치 상황이 발생하
는 장소로 유명했다. 골목 안쪽으로 가기 위해 대로에서 바로
그 좁은 도로로 접어든 검은색 세단과 대로로 나가려고 골목
길을 빠져 나오던 외제 SUV가 1미터도 안 되는 간격을 두고
서로 마주 보고 있었다.

사극풍 대사의 주인공은 검은색 국산 고급 세단의 주인이
었다. 그는 화가 단단히 난 채로 외제 SUV의 운전석 앞에 서
서 안쪽을 향해 고래고래 소리치고 있었다.

"아니, 좁은 골목길에 차가 들어오는 게 보이면 나오지를 말
아야지!"

그러나 상대 차량의 운전자도 만만치가 않았다.

"아저씨, 제가 먼저 대로로 나가고 있었잖아요."

말싸움이 길어질 듯했다.

"나는 대로변에서 골목으로 들어서는 거잖아. 내가 막히면
저기 저 도로가 다 막힌다고!"

"제가 못 나가면 뒤편 골목길이 다 막히는 건 마찬가지예요."

두 차량의 운전자가 각자 다른 방식으로 한 치의 양보 없이

맞서는 모습은 꽤 인상적이었다. 한 가지 재미있었던 것은 영국 브랜드(정확히는 인도 회사가 대주주인) 외제 SUV를 운전하던 30대 초반쯤으로 보이는 젊은 여성 운전자는 차에서 내리지 않은 채 운전석에 앉아 차창을 20센티미터쯤만 내린 뒤 조곤조곤 대꾸하는 반면, 50대 중반에서 60대 중반까지 쉽게 예측하기 어려운 나이대의 남성인 검은색 세단 운전자는 무엇에 그렇게 화가 났는지 그 앞에 서서 갈수록 언성을 높였다.

그때였다.

"저 아저씨가 잘못한 건데?"

옆에서 자기 자전거를 끌고 걸어가던 딸이 내 옆구리를 툭 치더니 어딘가를 손으로 가리켰다. 골목 한쪽 전신주에 매달린 교통 표지판이었다. 진입금지 표지판이 대로변을 향해 있었다. 즉, 대로에서 골목길 안쪽으로 진입하면 안 된다는 표지판이었다.

그러고 보니 얼마 전 하수도관 공사를 하며 도로를 파헤쳤다 다시 덮는 바람에 부분적으로 많이 지워지기는 했지만 도로에는 여전히 진입금지의 '입'자와 '금'자, 일방통행의 '일'자와 '행'자의 흔적이 비교적 선명하게 남아 있었다. 물론 '검은 세단의 아저씨'가 대로에서 골목길 안쪽으로 진입할 때 바로 읽을 수 있도록…….

서울 시내에서 자전거를 타려면 알아야 할 것 같아서, 주요한 도로 교통 표지판 몇 가지의 생김새와 담긴 뜻을 가르쳐 줬었는데 딸이 용케 그걸 기억해 낸 것이었다.

쿡쿡.
딸이 또다시 내 옆구리를 찔러댔다. 아! 이런 상황에 꼭.
그러나 내 옆구리를 잡은 채 '진실을 얘기 안 해 주고 뭐해?'라는 눈빛으로 빤히 쳐다보고 있는 딸의 눈을 외면할 수 없었다. 자전거를 일단 길가에 세워 두고, 두 차량이 머리를 맞대고 있는 곳으로 슬며시 다가가 조심스레 말을 걸었다.
"저기, 선생님. 혹시 이쪽 길이 초행이셔서 모르실 수도 있는데……."
최대한 조심스럽게 말을 건넸지만 본론을 채 꺼내기도 전에 격렬한 반격이 날아왔다.
"당신 뭔데? 내가 왜 초행길이야? 맨날 다니는 길인데!"
'아니, 그러게. 내가 뭔 줄 알고, 그리고 내가 뭔 말을 할 줄 알고 반말이야…….'
어찌 되었든 상대의 무례한 반응으로 명분은 쌓였겠다, 이제 조금의 마음 부담 없이 딸이 기대한 '아빠가 해 주었으면 하는 역할'을 할 수 있게 되었다.
"맨날 다녀서 아시는 분이, 이 골목이 일방통행인 건 모르셨

나 봅니다. 지금 역주행으로 들어오신 겁니다. 일방통행 역주행은 벌점 15점에 과태료 6만 원인 거 아시죠?"

물론 이 정도 말에 상대 아저씨가 순순히 '아! 그렇군요. 실례가 많았습니다. 제가 바로 차를 빼겠습니다'라고 말하리라는 순진한 기대는 하지 않았다. 내 말에 그는 더 길길이 날뛰며 나와 여전히 운전석에 앉아 있는 SUV 운전자를 향해 고함을 질러댔다.

전신주 허리춤에 매달려 우리를 물끄러미 바라보고 있는 '진입금지' 표지판 덕분에, 검은색 고급 세단 운전자가 내지르는 '고함' 주제는 기존의 차량, 교통에 관련된 것에서 '연령' '대화의 자세' '교육 제도' '외모' 등으로 넓혀 갔다.

"그리고, 당신은 날 언제 봤다고 젊은 사람이 이래라저래라 해? 어! 그리고, 어린 사람이 어른한테 눈 똑바로 뜨고, 어! 어디 실실 웃으면서 째려보고 난리야, 어!"

그때였다. 운전석에 앉아 있던 여성 운전자가 차에서 내려 내 편을 들어 주기 시작했다. (아니지, 잠깐! 뭔가 이상한데? 분명 싸움은 두 운전자가 했고, 내가 끼어든 거였는데…… 아무튼.) 그러자 다시금 아까 들었던 그 사극 대사가 여성 운전자에게 작렬했다.

"새파랗게 젊은 여자가 커다란 외제차 몰고 다니니까 간이 부었나, 어디서 감히! (여자가)"

그런데 이런 대사, 이날만 들은 얘기가 아니다. 우리가 날마다 보는 뉴스 기사, 인터넷 댓글 속에서도 쉽게 만나볼 수 있는 한 줄이다.

차량용 블랙박스가 대중화되면서 블랙박스 영상이 공유되는 사이트들 역시 덩달아 큰 인기를 끌고 있다. 그런 사이트에는 각종 차량 사고나 도로 위의 돌발 상황이 담긴 영상들이 공유되는데, 그런 게시글의 제목이나 내용, 그리고 글 하단의 댓글들에는 공통점이 하나 있다.

만일 젊은 운전자가 모는 고가의 외제 승용차가 난폭운전을 하였거나, 사고를 유발한 동영상이 업로드될 경우 그 글의 제목은 대부분 단순하게 '외제차(브랜드 이름) 난폭운전' '지역명(도로명) 난폭운전' 정도가 된다. 그러나 운전자가 여성임이 밝혀지거나 여성으로 추정되는 단서가 영상에 비치기라도 하면 제목은 180도로 달라진다.

'김여사 외제차 몰고 발암 영상' '장 보러 나온 김여사 운전 중 열폭' '남편 몰던 외제차 몰고 나오니 뵈는 게 없는 김여사' 등등 사고 자체에 대한 객관적인 설명 대신 운전자의 신상에 대한 설명, 거기에 '발암' '열폭' 이라는 지극히 감정적인 수식어들이 난무한다. 그 게시물에 달린 댓글 역시 마찬가지다. 길 위에서의 무리한 난폭운전이 문제의 핵심이었음에

| 난폭운전 (급차선 변경, 터널 내 추월) | < | 젊은 녀석들 | < | 외제차 모는 젊은 녀석들 | <<< | 여자 |

도 불구하고 비난의 타깃을 다음과 같이 몰아간다.

댓글이 늘어나면 이내 '군가산점' '여성 입대' '남성 역차별' 등 엄한 사회적 문제에 대한 성토로까지 이어지는 논리적 비약을 거듭하게 된다. 물론 사고를 내거나 길 위에서 위험한 행동을 한 운전자들에게 일차적인 잘못이 있다. 하지만, '외제차'나 '고급차'를 모는 '젊은 여자'는 비단 사고를 내지 않더라도 지금 우리가 사는 세상 속에서 여전히 과도한 혹은 받지 말아야 할 비난을 받고 있다. "어디서 '감히' 젊은 '여자'가 (비싼) 외제차를⋯⋯"이라면서.

2011년 대한민국은 한 사건으로 들끓었다. 12월 중순에 북한의 지도자 김정일이 기차 안에서 심근경색으로 사망하여 남북 관계를 한 치 앞도 전망하기 어려운 상황인데도 뉴스에서는 연일 30대 여성과 50대 남성이 저지른 불륜 사건을 대서특필해 대고 있었다.

물론 남성과 여성의 직업이 모두 사회적으로 '전문직'이라 선망하는 검사, 변호사였기에 일반적인 중년 남녀의 불륜이라고 하기에는 어려운, 충분히 화제가 될 만한 사건이었다.

그러나 당시 내가 이 사건을 주의 깊게 살펴보고, 지금까지도 기억하고 있는 것은 사건의 내용 때문이 아니라, 사건을 보도한 언론들이 붙인 사건의 이름, 뉴스의 제목 때문이었다.

'중년 남녀 불륜 사건'이리거니 '법조인 사이의 불륜 사건'이라는 제목으로 적어도 쉽게 이해 가고, 대중에게 사건의 본질을 충분히 알릴 수 있었건만, 대다수의 언론들이 붙인, 그래서 거의 공식적으로 쓰이게 된 뉴스의 제목은 '벤츠 女검사 사건'이었다.

분명 사건의 두 당사자 중 한 명이 여성인 것은 맞았다. 그리고 그 여성의 직업이 검사인 것 또한 맞았다. 두 사람이 부정한 관계를 맺었고, 그들 사이에 오간 선물 중 하나가 벤츠 승용차인 것도 맞았다. 변호사인 남성이 비용을 지불한 벤츠 승용차를 검사인 여성이 타고 다닌 것을 부당한 청탁관계 형성을 위한 뇌물 수수로 볼 여지도 있었다. (물론, 이 부분은 이후 무죄로 판결이 났고, 그 덕에 김영란법이 탄생했다.)

그럼에도 불구하고 벤츠를 준 50대 불륜 남성에 대해서는 '부장판사 출신의 변호사' '로펌을 운영하는 최 모 변호사' '스폰서 변호사' 등으로 표기했지만, 여성에 대해서는 단 하나의 표기 방법만을 택한 것이었다. '벤츠 女검사'라고.

그런데 이와 같은 모습은 뉴스를 보다 보면 심심치 않게 발견할 수 있다. 여사장, 여성 임원, 여의사, 여성 비행사, 여성 운전사 등 상당수의 직업 앞에 남성과 여성을 구별 짓는, 아니 보다 정확하게 말하자면 해당 직업에서 여성이 의외의 부류임을 고백하는 표기 말이다.

우리나라에서는 여전히 여성이 전문성을 띤 직업을 갖거나 복잡한 기술이 필요한 일을 하거나, 권력을 쥔 자리에 앉아 있거나 값비싼 고급 승용차를 소유하거나 심지어 (한때는 남성들의 전유물이었던) 차를 운전하는 일까지도 쉽사리 용납할 수 없는 의외의 일로 취급받고 있다.

여전히 수많은 직업, 업무, 조직, 사회의 진입로에는 '남성 일방통행' '여성 진입금지'라는 표지판이 매달려 있다. 표지판에 개의치 않고 그 안으로 여성이 들어가려 하면, '감히' '어디' '여자가'라는 비난의 화살이 난무하는 구역을 다치지 않고 통과해야 겨우 그 길로 들어설 수 있다.

이제는, 제발 그 쓸데없는 표지판들을 하나씩 떼어 내야 한다. 빠른 시일 내에 그렇게 하지 못하면 우리 사회는 이곳저곳이 온통 꽉 틀어 막혀 세계로 뻗어 나가기는커녕 우리 내부를 오고 가는 길마저도 꽁꽁 막힐 것이다. 그리고 옴짝달싹할 수 없는 신세가 되어 허물어지고 말 것이다.

서래마을 골목길에서 한판 사극 연기를 펼친 검은색 세단 운전자가 내뱉은, 그리고 비슷한 상황에서 흔하게 들을 수 있는 '감히'라는 말은 한자 '감敢'자에 '-히'라는 한글을 덧붙여 만든 것이다.

이 '감'자의 형성 과정이 상당히 재미있는데, 맹렬하게 달려오는 멧돼지에 맞서 작은 무기를 들고 있는 모습을 본떠 쓴 글자라고 한다. 즉, 누구나 두려움과 공포를 느낄 만한 상황에서 도망치거나 회피하지 않고 당당하게 그에 맞서는 모습이 바로 '감히'다.

힘을 가진 이들이 그렇지 못한 이들 혹은 자기편이 아닌 이들에게 자신의 권력, 재력 또는 패거리의 힘 따위를 내세워 부당하게 대하면서 '분명히 내가 이쯤 하면 저 녀석이 벌벌 떨며 무릎을 꿇거나 부리나케 도망치겠지?'라고 생각할 때 예상과 반대로 두렵지만 두려움을 무릅쓰고, 어렵지만 어려움을 이겨 내고 분연히 떨쳐 일어나 맞서는 그 모습을 '감히'라고 하는 것이다.

때문에 목소리 크기로, 덩치로, 패거리로, 이도 저도 없으면 그저 남자라는 이유만으로 '여성, 너희들은 나보다 나약하고 여린 존재여야 해!'라고 강요할 때 그렇지 않은 여성이 등장하면 남자들은 저도 모르게 '감히'라는 말을 내뱉게 되는 것이다.

이제 여성들은 남성들이 '감히' 또는 '감히 여자가'라고 수식어를 붙이는 모든 곳으로 나아가야 한다. 더 전문적인 영역으로, 더 권력을 행사할 수 있는 자리로, 그동안 여성이 드물었던 곳으로 계속해서 나아가야 한다.

그리고 남성들은 여성들이 하는 일에 대해 '감히'라는 말을 붙이는 혹은 그런 비슷한 생각을 하는 자기 자신을 부끄러워할 줄 알아야 한다.

부끄러운 줄 모르고 '감히 여자가!'를 외치던 검은 세단 운전자는 결국 '감히' 외제 SUV를 몰던 여성의 신고를 받고 출동한 경찰관에게 벌점 15점에 6만 원 범칙금 고지서를 '시원'하게 발부받았다. 경찰관의 감시하에 후진으로 차를 빼는 순간까지도 다 들리게 분노의 사자후를 뿜어내는 모습은 무척이나 인상적이었다.

참, 이 이야기의 끝에는 재미있는 반전이 하나 있다.

모든 사태가 끝난 뒤 씩씩거리는 중년 남성 운전자를 태운 검은 세단이 사라지자, 그제야 외제 SUV의 여성 운전자가 '고맙다'며 자신의 신분을 언뜻 내비쳤다.

아니나 다를까. 근처 법조타운에 근무하는 법조인이었다.

하. 하. 하.

그럼에도, 딸!
우리 페달을 밟자

딸,

앞으로, 이 말 숱하게 듣게 될 거야.

"나도 아빠라 딸 같아 보여서 그랬다."

아빠는 자전거의 안장 뒤를 잡지, 딸의 몸을 잡지 않아.

그래야 쓰러지지 않으니까.

그리고 점점 더 딸의 몸에서 손을 떼지.

혼자 달려 나갈 수 있도록.

그게, 아빠야.

딸은 이제 혼자서 힘차게 자전거를 타고 달려 나간다. 주변에
위협적인 것들이 튀어나와도 그 자리에 멈춰서 겁내거나 울
기보다는 '이건 또 뭐야!'라고 소리치며 꿋꿋하게 페달을 밟
아 나갔다. 이제는 어느덧 딸에게 자전거를 가르쳐 주는 아빠
를 위한 매뉴얼도 마무리해야 할 때가 왔다는 생각이 들었다.

얼마 전, 매일 반복되는 무료하고 단조로운 생활에 지쳐 뭔가 새로운 걸 해 볼까 찾아보던 차에 한 공공기관에서 진행하는 직장인 – 대학생 1:1 멘토링 프로그램을 발견했다. 기업에서 산전수전 다 겪은 팀장이나 임원들이 가정 형편이 어려운 대학생과 결연을 맺고 그들에게 진로 안내, 취업 노하우 전수 등을 해 주는 프로그램이었다. 멘토로 참가하겠다고 신청한 뒤, 세 차례의 교육을 받고 멘티를 배정받게 되었다.

정확하게 등수를 매기지는 않았지만, 진행하는 주무관의 이야기에 따르면 내가 세 차례의 교육에서 모두 최고 점수를 받았다고 했다. 그리고 그 점수의 포상은 "멘토님의 성적이 제일 출중하셔서, 우리 프로그램에 참가하는 대학생 멘티 중 가장 멘토링하기 어려워 보이는 친구와 결연을 맺어 드릴게요"라는 엄포로 돌아왔다.

그런데 비슷한 시기에 먼 친척뻘 되는 아주머니로부터 부탁 하나를 받았다. 자기와 언니 동생 하는 집 딸아이가 이번에 대학을 졸업하는데 진로 선택도 취업 준비도 아무것도 안 하고 있다면서 걱정이 되니 만나서 조언을 좀 해 줄 수 있겠느냐는 거였다. 내가 또 사람(만) 좋고, 남의 부탁 거절을 못 하는 것은 어떻게 알아 가지고…….

아무튼, 그렇게 또 한 명의 학생을 엉겁결에 멘티로 받게 되었다. 공교롭게도 공공기관의 멘토링 프로그램을 통해 소개 받은 멘티 학생과 친척 아주머니로부터 조언과 상담을 부탁 받은 학생이 같은 동네에 살고 있었다. 시간과 동선을 절약할 겸 주말 중 하루를 택해 두 학생이 사는 동네의 커피 전문점 에서 두 시간의 시차를 두고 만나기로 했다.

만나기로 한 날이 되어 방이동에 있는 한 커피 전문점에 미 리 가서 앉아 있었다. 약속 시간이 다 되어 갈 무렵 휴대폰에 두 통의 문자가 연속으로 들어왔다. 한 통은 이제까지 멘토링 을 주선했던 공공기관 주무관이 보낸 문자였고, 다른 문자는 친척 아주머니와 언니 동생 한다는 분이자 만나게 될 학생의 어머니가 보낸 문자였다.

주무관님이 보내온 것은 약속이 펑크 났다는 문자였다. 아쉽 지만, 할 수 없는 일이기에 주무관님에게는 '그러시라'고 답 장을 드렸다.

학생이 마음의 준비가 안 되었다며,

못 나가겠다고, 죄송하다고 문자가 왔네요.

일단 오늘은 귀가하시고요,

괜찮으시다면 다음 주에 다른 학생과

멘토링 결연을 맺어 드려도 될까요?

그렇게 설득을 하고 다짐받았는데도

우리 애가 혼자서는 절대로

못 나가겠다고 해서요.

죄송한데 제가 같이 좀 데리고 나가도

괜찮을까요?

그런데 친척 아주머니와 언니 동생 한다는 분이 보낸 문자의 내용은 좀 뜻밖이었다. '무슨 스무 살도 한참 넘은 성인을 엄마가 데리고 나오겠다는 걸까?'라는 생각이 들었지만, 친척 아주머니의 간곡한 부탁도 있었기에 역시 '그러시라'고 답장을 드렸다.

앞서 바람맞은 두 시간 동안 책도 읽고, 가지고 간 노트북으로 작업도 하며 시간을 보내고 있는데 커피 전문점 문이 열리며 두 사람이 들어오는 것이 보였다. 왼편의 중년 여성은 한눈에 보더라도 인정 많고 예의 바른 전형적인 우리네 어머니 같은 모습, 오른편의 20대 여성은 대학생 같기는 한데 어딘지 모르게 조금 어수룩하다고 할까, 수줍음이 심하다고 할까. 뭔가 '요즘 대학생' 같아 보이지 않았다. 어찌 되었든 일어나서 인사를 하고 맞이한 뒤, 이야기를 시작했다.

그런데 한참이 지나도록 함께 온 어머니와 나만 이야기할 뿐 주인공인 학생은 고개만 푹 숙인 채 아무런 말도 하지 않았다. 한 시간쯤 지났을 때 어머니가 자리를 비켜 주겠다며 나가고 학생과 단둘이 남았지만, 여전히 아무 말도 하지 않아서 어색한 순간이 계속됐다.

단순히 첫 만남이라 쑥스러워서 그런 것이라 생각해서 과거 여자친구(지금의 와이프)와 데이트하던 시절 얘기도 하고, 회사에서 벌어지는 이해 안 되는 일들, 그렇지만 또다시 생각해 보면 재미있기도 한 에피소드들을 얘기하며 대화를 이어 가려 했지만 웃기는 부분에서만 살며시 미소를 지을 뿐 통 대화가 이뤄지지 않았다. 결국, 두 시간 가깝게 원맨쇼를 한 뒤 들여보낼 수밖에 없었다.

며칠 뒤 모르는 번호로 전화가 걸려 왔다. 받고 보니 그 학생이었다. 그날은 첫 만남이라 자기가 너무 긴장해서 너무 바보처럼 군 것 같다며, 한 번만 더 만나서 멘토링을 해 주면 안 되겠느냐는 얘기를 했다. 생각지도 못한 일이라 내심 놀랐지만, 태연한 척 "그렇게 해요"라고 말하고는 약속을 잡고 전화를 끊었다.

그런데 문득 이 번호가 익숙하게 느껴졌다. 분명 여학생의 번호는 모르는 번호였는데 어딘가 본 것 같아 다이어리를 뒤져

봤더니, 세상에! 공공기관 프로그램을 통해 내게 멘토링을 받기로 했다가 일방적으로 취소한 학생과 다시 만나자면서 방금 전화를 걸어 온 학생이 같은 인물이었던 것이다.

다시 만나 이야기해 보니 혼자 나가야 하는 공공기관의 멘토링 프로그램은 겁이 나서 취소한 거였고, 나와 만나기로 한 약속은 어머니가 같이 나가는 조건으로 나왔단다.

두 번째 만남 역시 어머니가 함께 오기는 했지만, 전과 달리 잠깐 앉아서 인사만 나누고 바로 집으로 돌아갔다. 이번에는 이런저런 사는 얘기, 진로와 관련된 얘기들을 좀 더 심도 있게 나눌 수 있었다. 그렇게 그 학생과 어느 정도 친분을 쌓았을 무렵, 학생의 어머니로부터 충격적인 이야기를 듣게 되었다.

"몇 번을 망설이다가 우리 애한테 도움이 됐으면 해서…… 지푸라기라도 잡는 심정으로 말씀 드려요. 저희 애가 중학생 때 집안 아저씨뻘 되는 사람한테 몹쓸 짓을 당했어요. 그때 충격으로 한 달 동안 병원에 입원했고요. 이후로는 제가 등하교를 시켜 왔지요. 학교랑 집만 왔다 갔다 해서 친구도 몇 없어요. 대학교에 가면 좀 나아질까 싶었는데, 오히려 더 나빠져서…… . 미팅, 소개팅도 한 번 못 했고, 엠티도 배낭여행도 한 번도 다녀 본 적이 없어요."

그동안 학생이 보여 줬던 모습들이 단번에 이해가 되었다. 왜 그렇게 은둔의 삶을 살아왔는지, 용기를 내어 멘토링 신청을 해 놓고도 왜 펑크를 냈는지, 다 큰 사람이 왜 어머니의 뒤꽁무니만 쫓아 다녔는지, 내 앞에서 왜 아무런 말도 못 하고 고개만 숙이고 있었는지……

뉴스에서만 보던 당사자를 막상 눈앞에서 마주하니 눈앞이 캄캄했다. 어떻게 대해야 할지, 무슨 말을 해야 할지, 어떤 말을 하지 말아야 할지, 너무나 조심스러워서 도저히 입을 뗄 수가 없었다.

고민 끝에 알고 지내는, 좋아하는, 그리고 때로는 존경하는 여성 동지와 여자 선배, 스승들께 S.O.S를 쳤다.

"어떻게 하면 좋을까요?"

그러자 가장 '왕언니' 격인 스승님께서 술과 밥을 사 주며 말했다.

"당신 요즘 딸한테 자전거 타는 거 가르치고 있다며?"

"예. 이제는 제법 잘 탑니다."

"자전거 타다가 안 넘어지는 인간이 있나?"

"없지요."

"한 번 넘어졌다고 다시는 자전거 타지 말라고 하는 인간이 있나?"

"없을걸요."

"자전거를 타는데 어떤 미친놈이 달려와서 넘어뜨렸어. 근데, 그놈이 또 넘어뜨리려고 달려들면 어떻게 해야 해?"

"……글쎄요."

"뭐가 '글쎄요'야. 경찰에 신고해야지. 그러고 나서?"

"…… 그러고 나서요?"

"다시 일어나서 페달을 밟아야지. 냅다 달려야지. 그런 미친놈한테 또 당할 거야?"

이후 학생과 주기적으로 만나 다양한 분야에 걸쳐 여러 가지 이야기를 나눴다. 두어 번 함께 나왔던 어머니는 더는 함께하지 않아도 될 만큼 학생과 친밀한 사이가 되었다. 심지어 모른 척 내색하지 않고 있었는데, 중학생 시절 '넘어진' 이야기와 자신을 '넘어뜨린 미친놈'의 이야기까지 해 주었다.

나는 다시 일어나야 함을, 일어나서 페달을 밟고 힘차게 달려 나가야 함을 이야기해 주었다. 수차례의 멘토링 끝에 다행히 학생은 힘들겠지만, 다시 일어나서 달려 나가 보겠다고 다짐을 했다.

얼마 전 학생을 만날 때 율교를 데리고 나갔다. 와이프가 친구들과 약속이 있어 내가 돌봐야 하는 날이었다. 아이는 커피숍에 앉은 학생을 보자마자 자기가 만든 액세서리 자랑에 여념이 없었다. 그러다 문득 생각나는 것이 있다는 듯 "언니, 혹시, 자전거 탈 줄 알아요?"라고 물었다.

그러더니, 학생의 귀에 대고 '다 들리도록' "우리 아빠가 저한테 자전거 타는 법을 가르쳐 줬는데, 그. 럭. 저. 럭. 잘 가르치는 것 같아요."라고 소곤거렸다.

그럭저럭이라니……

시간이 흘러 헤어질 무렵이 되자 딸은 학생에게 손을 흔들어 인사를 하다 말고 물었다.

"언니, 혹시 나랑 자전거 타기 안 배울래요?"

이 책과 함께 읽으면 좋은 책들

밤을 닣고 이 책을 쓰기까지 나의 눈을 뜨게 하고, 귀를 열게 해 주고,
입을 트이게 해 준 책들이다. 여러분도 읽고서 나와 같은
경험을 하기를 바라며 실어 보낸다.

잭 마이어스, 노윤기 옮김,《남자의 미래》, 매일경제신문사, 2017.

이이지마 유코, 정미애 옮김,《여성파산》, 매일경제신문사, 2017.

터리스 휴스턴, 김명신 옮김,《왜 여성의 결정은 의심받을까?》, 문예출판사, 2017.

페기 오렌스타인, 구계원 옮김,《아무도 대답해주지 않은 질문들》, 문학동네, 2017.

이충현,《다시, 페미니즘》, 물병자리, 2017.

벨 훅스, 이경아 옮김,《모두를 위한 페미니즘》, 문학동네, 2017.

니나 테슬러, 한우리 옮김,《모두에게 페미니즘》, 미르북컴퍼니, 2018.

스테퍼니 스탈, 고빛샘 옮김,《빨래하는 페미니즘》, 민음사, 2014.

유민석,《메갈리아의 반란》, 봄알람, 2016.

케이트 본스타인, 조은혜 옮김,《젠더 무법자》, 바다출판사, 2015.

에바 페더 커테이, 김희강, 나상원 옮김,《돌봄, 사랑의 노동》, 박영사, 2016.

마리 드 에느젤,《두 번째 서른 살》, 베가북스, 2017.

조성구,《이혼 수업》, 베가북스, 2017.

이민경,《우리에게도 계보가 있다》, 봄알람, 2016.

카트리나 멘지스 파이크, 정미화 옮김,《그녀가 달리는 완벽한 방법》, 북라이프, 2017.

해리엇 러너, 이명선 옮김,《무엇이 여자를 분노하게 만드는가》, 부키, 2018.

이은주,《그림에서 여성을 읽다》, 북랩, 2016.

레베카 트레이스터, 노지양 옮김,《싱글 레이디스》, 북스코프, 2017.

캐롤 페이트먼, 이평화, 이성민 옮김,《여자들의 무질서》, 도서출판b, 2018.

- 록산 게이, 노지양 옮김, 《헝거》, 사이행성, 2018.
- 윤미향, 《25년간의 수요일》, 사이행성, 2016.
- 나오미 울프, 최가영 옮김, 《버자이너》, 사일런스북, 2018.
- 질 르포어, 윌리엄 몰튼 마스터, 박다솜 옮김, 《원더우먼 허스토리》, 윌북, 2017.
- 모로오카 야스코, 조승미, 이혜진 옮김, 《증오하는 입》, 오월의 봄, 2015
- 헴마 카노바스 사우, 유혜경 옮김, 《엄마라는 직업》, 이마, 2016.
- 우리교육 출판부, 《세상의 절반 여성 이야기》, 우리교육, 2010.
- 토니 포터, 김영진 옮김, 《맨박스》, 한빛비즈, 2016.
- 우에노 지즈코, 이선이 옮김, 《위안부를 둘러싼 기억의 정치학》, 현실문화, 2014.
- 윤김지영, 《지워지지 않는 페미니즘》, 은행나무, 2018.
- 수전 팔루디, 황성원 옮김, 《백래시》, 아르테, 2017.
- 해나 로진, 커밀 팔리아, 모린 다우드, 케이틀린 모란, 멍크 디베이트, 노지양 옮김, 《남자의 시대는 끝났다》, 모던아카이브, 2017
- 박래군, 《사람 곁에 사람 곁에 사람》, 클, 2014
- 앤디 자이슬러, 안진이 옮김, 《페미니즘을 팝니다》, 세종서적, 2018.
- 앤 마리 슬로터, 김진경, 《슈퍼우먼은 없다》, 새잎, 2017.
- 김은실, 《여성의 몸, 몸의 정치학》, 또하나의문화, 2001.
- 게릴라걸스, 우효경 옮김, 《그런 여자는 없다》, 후마니타스, 2017.
- 안희경, 《어크로스 페미니즘》, 글항아리, 2017.
- 화사 외 42인, 한국여성민우회 엮음, 《온갖 무례와 오지랖을 뒤로하고 페미니스트로 살아가기》, 궁리, 2017.
- 캐서린 메이어, 신동숙 옮김, 《이퀄리아》, 와이즈베리, 2018.
- 케이틀린 모란, 고유라 옮김, 《아마도 올해의 가장 명랑한 페미니즘 이야기》, 돌을새김, 2016.
- 서민, 《여혐, 여자가 뭘 어쨌다고》, 다시봄, 2017.
- 권김현영, 손희정, 한채윤, 나영정, 김홍미리, 《페미니스트 모먼트》, 그린비, 2017.

참고문헌

토마스 불핀치, 김길연 옮김, 《한 권으로 읽는 그리스 로마신화》, 아이템북스, 2014.

황현산, 《밤이 선생이다》, 난다, 2016.

에머 오툴, 박다솜 옮김, 《여자다운 게 어딨어》, 창비, 2016.

김지섭, 〈'젊은 소비' 큰손 떠오른 4050 꽃중년〉, 《조선일보》, 2016년 3월 24일.

아라이 야스마사, 오영근 옮김, 《여자의 뇌, 남자의 뇌》, 전파과학사, 1995.

나관중, 이문열 옮김, 《삼국지》, 민음사, 2002.

김현구, 《백제는 일본의 기원인가》, 창비, 2002.

안미선, 《언니 같이 가자!》, 삼인, 2016.

가미카와 아야, 우윤식 옮김, 《바꾸어나가는 용기》, 한울, 2016.

차용구, 《남자의 품격》, 책세상, 2015.

김정희, 〈기사도 정신의 형성과 변용: 중세에서 르네상스까지〉, 《한국프랑스학논집》 제49집, 2005, 267~288쪽.

이명진, 〈'혼인빙자간음죄' 역사 속으로 1955년 "보호할 가치 있는 정조만 보호" 판결 화제〉, 《조선일보》, 2009년 11월 27일.

알리스 슈바르처, 김재희 옮김, 《아주 작은 차이 그 엄청난 결과》, 미디어일다, 2017.

강은영, 박형민, 〈살인범죄의 실태와 유형별 특성 – 연쇄살인, 존속살인 및 여성 살인범죄자를 중심으로〉, 《한국형사정책연구원 연구총서》, 2008, 8~11쪽.

모로토미 요시히코, 이정환 옮김, 《여자아이 키울 때 꼭 알아야 할 것들》, 나무생각, 2013.

오은경, 《이슬람에서 여성으로 산다는 것》, 시대의 창, 2015.

다케쿠니 소모야스, 소재두 옮김, 《한국 온천 이야기》, 논형, 2006.

강선미 외, 《가족철학》, 이화여자대학교출판문화원, 1997.

케르스틴 뤼커, 우테 댄셀, 장혜경 옮김, 《처음 읽는 여성 세계사》, 어크로스, 2018.

* 추 와이홍, 이민경 옮김, 《어머니의 나라》, 흐름출판, 2018.

* 한지희, 《모성과 모성 경험에 관하여》, 소명출판, 2017.

* 김명하, 《엄마들의 해방 페미니즘이 답하다》, 은수저, 2017.

* 전가일, 《여성은 출산에서 어떻게 소외되는가》, 스리체어스, 2017.

* 김보성, 김향수, 안미선, 《엄마의 탄생》, 오월의 봄, 2014,

* 유미리, 《가족시네마》, 고려원, 1998.

* 정희진, 《아주 친밀한 폭력》, 교양인, 2016.

* 조형, 《여성주의 시티즌십의 모색》, 이화여자대학교출판문화원, 2007.

* 바버라 화이트헤드, 최이현 옮김, 《괜찮은 남자들은 다 어디로 갔을까》,
페이퍼로드, 2018.

* 모리오카 마사히로, 김효진 옮김, 《남자도 모르는 남성에 대하여》, 행성B, 2017.

* 벨 훅스, 이순영, 김고연주 옮김, 《남자다움이 만드는 이상한 거리감》, 책담,
2017.

* 한국성폭력상담소, 《보통의 경험》, 이매진, 2011.